dear+ novel
ryuu wa shougun ni mederareru・・・・・・・・・・・・・・

竜は将軍に愛でられる

名倉和希

新書館ディアプラス文庫

竜は将軍に愛でられる

contents

illustration：黒田 屑

竜は将軍に愛《め》でられる

もうすぐ日が昇る。

街道沿いの一番高い木のてっぺんから東の空を眺め、アゼルはため息をついた。翼を広げて被膜《ひまく》に朝の空気を孕《はら》んでみる。飛び立たないていどに何度か羽ばたき、ふたたび折り畳《たた》んだ。首を伸ばし、藍色の空を仰《あお》ぎ見て、消えそうな星にまた切なくため息をついた。

次第に白んでくる東の空。朝が来る。アゼルにとって試練の日がはじまる。

竜人族の王の子として生まれて二十年。いまだ大人になりきれない小さな体をぶるりと震わせ、真下に通る街道を見下ろした。

『山を下りて街道に出ろ。日の出ののち、二十五番目に通りかかった人間を襲って来い』

父にそう厳命《げんめい》されたのは昨日の午後だ。

二十五は占《うらな》い婆《ばば》が口にした数字だが、それを『二十五番目に通りかかった』と解釈《かいしゃく》したのは父で、たぶんアゼルが二十五番目の子供だからだろう。

卵から孵《かえ》ってからもう二十年になるのに、アゼルがいまだに大人になれないのはなぜかと父に相談されて、占い婆は、『山を下り、二十五に関する人間と会え。さすれば成体となるだろう』と告げた。父の『人間を襲え』という勝手な解釈に、アゼルは愕然《がくぜん》とした。

占い婆は平均年齢二百歳の竜人族の中で、ただ一人、四百歳を超えている長老的な存在だ。

母がおらず、家族に疎《うと》まれてきたアゼルに愛情を示し、教育を施《ほどこ》してくれた恩人でもある。いまでもアゼルの良き理解者で、貴重な相談相手だった。

そんな占い婆が、意味もなく人間を襲えなどと、言うわけがない。抗議したが、二十四人の兄と姉たちは面白《おもしろ》がって囃《はや》し立《た》てるばかりだし、父は未熟者の末息子の言葉になど耳を貸さない。

結局、アゼルは占い婆に相談する時間も与えられず、父に追い立てられるようにして村を出された。

人間を襲ったという、なんらかの証拠を持っていかなければ、村には戻れない。なにもせずに帰ったら、いままで以上の冷遇《れいぐう》と孤独が待っているだけだ。

真下に見える街道に、まだ人影はない。人間は夜道を歩かないのが普通らしい。このサルゼード王国は豊かで国政は安定していると聞くが、それでも村落から外れた街道沿いでは夜盗が出没《しゅつぼつ》するので、旅人や商隊は夜間を避けるのが常識だと、教わった。

南北に走る街道は、北へ行けば王都、南へ行けば隣国との境に立つ砦《とりで》へと通じる。そのあいだに大小の町が点在することは知識として知っていても、アゼルは行ったことがない。生まれてから一度も竜人族の村を出たことがなかったからだ。

アゼルにとって、竜人族の村は決して居心地が良いところではない。異端者と冷たい目で見られ、だれも構ってくれないところだ。それでも居場所がなくなるのは恐ろしい。可愛《かわい》がってくれた占い婆に会えなくなるのも嫌だった。

だがおなじくらい、人間も恐ろしかった。竜人族の子供たちは物心つく前から、人間の凶暴さと残酷《ざんこく》さを、大人たちから繰り返し聞かされて育つ。

かつて――もう数百年も前のことらしいが、竜人族は人間に使役《しえき》されていた。戦争の道具にされたり労働力として便利に使われたりして、竜人族は大変な目にあったという。寿命が長い竜人族だがしだいに数が減り、決死の覚悟で人間たちから逃《のが》れた。以来、山奥でひっそりと暮らしている。一族の中で、人間の恐ろしさを語り継ぎながら。

(どうしよう……。人間なんて襲いたくない。そもそも、ぼくなんかにできるのかな……)

アゼルは泣きたくなった。生き物を襲ったことがないのだ。村の仲間たちからは避けられていたから、ケンカすらしたことがない。

竜人族は雑食で、果実から小動物まで、なんでも獲《と》って食べる。だがアゼルは狩りが下手《へた》で、いつも口にしているのは果実だった。そのせいでなかなか体が大きくならないのかもしれないが、だれも効率的な狩りの方法を教えてくれず、いままで来てしまった。

占い婆は読み書きと常識は教えてくれたが、高齢なためもう竜体に変化《へんげ》できなくなっている。そのため狩りの仕方まではアゼルに指南しなかった。

アゼルは血を見たことがない。他の生き物を傷つけたことすらない。

(それに、なにも関係ない人間を襲うなんて)

竜人族はみんな、人間は恐怖と憎悪《ぞうお》の対象だと思っている。けれどアゼルは人間に対して、恐怖心だけでなく好奇心も抱《いだ》いている。

占い婆が、竜人にもいろいろな性格の者がいるように、人間も凶暴な者ばかりではない、と語って聞かせてくれたからだ。

では、占い婆が言う、『竜人を友のように労《いた》わり、慈しみ、心を通わせることができる人間』とは、いったいどういう者なのだろう。どこにいるのだろう。

占い婆の「人間と会え」という言葉には、そうした人間と出会う可能性を求めろという意味がこめられているように思うのだ。決して父が命じたような、「人間を襲え」という意味ではない。

けれど、父に逆らったら村にはいられなくなる。占い婆と離れ離れになってしまう。これ以上の寂しさは望んでいなかった。

すぐ近くで大きな羽音がし、アゼルはびくっと全身を震わせる。振り返ると、大鷲《おおわし》がいた。こちらを睨《にら》んでいる。もしかしたらここはこの大鷲の縄張《なわば》りなのかもしれない。体の大きさはおなじくらいだが、気迫《きはく》がちがった。アゼルは気圧《けお》されて体を縮《ちぢ》こめる。

そのとき、朝日が昇り明るくなってきた街道に人影が見えた。一人目は馬に荷物を載せた老人だった。その次は、反対側から旅人らしき男がやってくる。しばらくたってから、荷馬車の隊列が近づいてきた。

大鷲の視線を気にしながら、アゼルは人間を数えた。

(三、四、五……)

商隊らしく、たくさんの荷物を積んだ荷馬車が五つある。付き従っている人間たちを合計すると、二十二人になった。一人目から合計すると、二十四人だ。

（次に通りかかった人が、二十五人目……）

ごくりと喉を鳴らして緊張する。北の方から馬の蹄《ひづめ》の音がかすかに聞こえてきた。勢い良く駆けている。耳をすましてみると二頭分だ。先頭を走る馬に人間が乗っていたら、それが二十五人目になる。

とりあえず、どういった人間なのか姿を確認して、やりたくないが、襲えそうな機会を探るためにこっそりつけ狙《ねら》ってみる——というのがアゼルの計画だ。

アゼルは翼を広げて身を乗り出すようにした。そのとき、大鷲の気配が動いた。殺気を感じて振り向いたアゼルは、恐ろしい形相《ぎょうそう》で飛びかかってきた大鷲に驚き、宙に身を躍《おど》らせてしまう。

（ああっ！）

こっそりどころか、まともに街道の上を飛んでしまった。大鷲に追われて降下した先に、二頭の馬がいた。驚いた二頭の馬が甲高《かんだか》く嘶《いなな》きながら足並みを乱し、前足を振り上げる。蹴《け》られそうになって間一髪、身を翻《ひるがえ》した。

先頭の馬に乗っていたのは、漆黒《しっこく》の騎士服を着た立派な体格の男だった。

古い書物の挿絵《さしえ》でしか見たことがない騎士の姿に、アゼルは目を奪われた。

黒褐色《こっかっしょく》の瞳と視線が絡まる。アゼルを見てびっくりしたように目を見開いた騎士が、ハッと背後を振り返って「やめろ！」と叫んだ。

つぎの瞬間、翼に激痛が走り、アゼルは地面に叩きつけられるようにして墜落《ついらく》した。

なにが起こったのか、わからない。全身が痛くて、それでもなんとか体を起こそうとしてもがいた。

二頭の馬が止まり、二人の騎士が降り立ったのが地面から伝わってくる。アゼルは恐慌状態に陥《おちい》った。こちらに足音が近づいてくる。

凶暴で残酷な人間に捕まってしまったらどうなるか、大人たちからさんざん聞かされて育ってきた。翼をもがれて、皮を剝《は》がされて、目玉はくり抜かれ、最後に肉を喰《く》われ、なにも残らない――。

恐ろしい末路だが、さっき一瞬だけ目が合ったとき、そんな残酷なことをするような目ではなかった……と思う。

（助けて、助けて……お願い……）

だから助けてくれるはず。たぶん、きっと。

「驚いたな。ルース、見てみろ。竜だ。本物の竜だぞ」

「すごい……伝説上の生き物ではなかったんですね」

「ああ、こら、動くな。おとなしくしろ。いま矢を抜いてやる」

黒い服の騎士は、屈《かが》みこんできてアゼルを抱き上げた。抵抗したくとも、全身が痛くてうまく動けない。彼はアゼルの一番上の兄と似通った年恰好《としかっこう》に見えた。長兄は三十代半《なか》ばだ。

「将軍が大鷲に襲われると思い、とっさに射てしまいました。大丈夫でしょうか？」

アゼルを覗きこんできたのは、焦《こ》げ茶色の騎士服を身につけた、まだ若そうな男。どうやらアゼルはこちらの騎士に矢で射られたらしい。

翼の被膜を貫《つらぬ》いていた矢が外されると、痛みが薄らいだ。被膜には細かく神経は通っていない。全身の痛みは、墜落したときの衝撃のせいだろう。

「射抜いたのは翼の被膜の部分だけのようだ。すこし出血しているが、骨には異常がなさそうだし、胴体部分には傷はない」

「それは良かった。数百年ぶりに現れた貴重な竜を、あやうく殺してしまうところでした」

「美しい竜だな」

感嘆《かんたん》したように言われて、アゼルは意表を突かれた。

（美しい？　ぼくが？）

はじめて言われた言葉だった。

「見てみろ、この灰青色《かいせいしょく》の鱗《うろこ》。滑《なめ》らかで、ひんやりと冷たく、光沢《こうたく》は宝玉のようだ。そして、澄んだ水色の瞳。この透明な美しさは、どんな泉にも勝る。とてもきれいだ。本当にこの瞳で物が見えているのか？」

顔を覗きこまれて、アゼルはまた視線を合わせることになった。

(ぼくって、きれいなの？)

アゼルは生まれたときから、村の竜人たちのだれよりも色素が薄い。成体になればすこしは——と望みを抱《いだ》いてきたけれど、二十歳になってもいまだ未成熟なままで、色は変わらない。

父は深い森の苔《こけ》のように濃い緑色の鱗を持っているし、兄姉たちもみんな似たような色をしている。山に住むには、こうした色の方が木々に紛《まぎ》れて安全なのだと教えられた。

アゼルのような薄い色の体は、竜人族の中では嫌われるし、生きていくのに危険なのだ。だから、いままで褒《ほ》められたことなどない。

(本当に、きれいなの？)

聞きたいのに、くちばしから出たのは「クルル……」という鳴き声だけだ。竜体では人語が話せない。

「可愛いな」

目を細めた騎士が、アゼルの首を指先でくすぐるようにした。意識していないのに、クルルと声が出てしまう。

「翼の被膜に神経が通っているなら痛いだろう。すまなかったな。私の部下は私を守ろうとしただけだ」

騎士はアゼルを抱きかかえたまま街道の隅《すみ》に移動した。その後ろを部下だという若い騎士が二頭の馬の手綱《たづな》を引いてついてくる。

「ルース、荷物から貼《は》り薬を出してくれ」

「わかりました」

驚いたことに、この二人はアゼルを治療してくれた。破れた被膜を、貼り薬で繕《つくろ》うように閉じてくれたのだ。

そんなことをしなくても、被膜に強度はないが再生は早いと教えたい。だがこの場で人間の姿になるのは抵抗があった。

竜体から人間の姿に変化すると、全裸になる。普通、人間は裸で人前には出ないものだと教えられているので羞恥《しゅうち》があるし、身を守る鱗がなにもない状態は怖い。この人間たちは優しくしてくれているけれど、もしかしたらなにかのきっかけで豹変して、凶暴になるかもしれないのだ。

竜体ならば飛んで逃げられるが、人間の姿になってしまうと、走るしかない。常日頃から竜体でいる時間が長いせいで、脚力にはまったく自信がなかった。

「穴を塞《ふさ》いでみたが、飛べるか？」

ほら、と騎士に空へ放り投げられ、アゼルは慌てて羽ばたいた。違和感はあるが、まったく飛べないことはない。何度か翼を動かせば、あっという間に騎士たちの手が届かないほど上空に浮くことができた。

「大丈夫そうだな」

黒い騎士が安堵《あんど》したように呟いたのが聞こえる。

「将軍、竜を放してしまって良いのですか？　伝説の竜に出会えることなど、もう二度とないかもしれません。王城に持ち帰れば、たいそうな手柄《てがら》になると思いますが」

「良い。私は竜を狩るために馬を走らせていたわけではない。それに、あの竜はまだ子供だろう。書物によると、大人の竜は人間を背中に乗せられるくらい大きいらしい」

「子供だからこそ、調教できるのではないですか？」

「それはそうだが、その調教の仕方がすでに途絶えて久しい。間違ったやり方をして竜に苦痛を与えてもかわいそうだろう」

「将軍はつくづく生き物にお優しいですね」

若い騎士が苦笑いするのに、黒い騎士は快活に笑った。

「なんだルース、おまえ、私の家族からなにか聞いたな？」

「ええ、先日、将軍のお屋敷にお迎えに伺ったとき、ちょうど厩番《うまやばん》が犬の散歩をしている場面に遭遇《そうぐう》しまして。その犬の数が増えたように思えたのでお母様に訊《たず》ねたところ、将軍が仕事帰りにまた拾ってきたと……」

「ガリガリに痩《や》せて雨に濡《ぬ》れていたのだ。そのまま放っておいたら死んでしまう。かわいそうに思って連れて帰ったら、弟の子供たちが看病してくれて元気になった」

「今年に入ってから何度目ですか」

「知らんな。そんな細かいこと」

黒い騎士は笑いながらひらりと馬に跨《また》る。若い騎士も馬に乗ると、揃《そろ》って走り出した。南に向かっているのは、もしかしたら国境に築かれている砦が目的地かもしれない。

（将軍って呼ばれてた……。偉《えら》い人なんだよね、きっと）

二十五人目の人間は、立派な剣を腰に佩《は》いた騎士だった。しかも将軍。付き従っている若い騎士も強そうだ。どうやっても勝てそうにないと、見ただけでわかる。

（どうしよう……）

凶暴さは感じないが、アゼルは人間とここまで身近に接したのははじめてで、安全だとは断言できない。現に矢で射られた。治療してくれたけど。

かといって、このまま村に戻ってもアゼルに居場所はない。それに――。

（なんだか、離れがたいのは、なぜ？）

黒い騎士と目が合ったときの衝撃が、いまだに小さな心臓をドキドキさせていた。

こんな気持ちになるのは、はじめてだ。占い婆が導き出した二十五という数字に、重要な意味があったとしか思えない。どんな意味なのか、確かめたい。このまま、あの騎士と別れてしまうのはいけないような気がする。

アゼルは空の上から、二人の騎士を見下ろした。

「将軍、気づいていますよね。どうします？」

並走《へいそう》する部下に話しかけられ、ランドール・オーウェルは苦笑した。

「どうもこうも……」

せっかく放した小竜が、つかず離れずついてきている。ちらりと上空を振り返れば、大鷲と似通った大きさの生き物が逆光のせいで黒い影として見えた。

「翼をケガしているのに、あんなに飛んで大丈夫なんだろうか」

なぜついてきているのか理由はわからないが、心配なのは破れた被膜だ。竜の飼育についての知識は、もうずいぶんまえに途絶えた。竜の体の構造や特性、性質など、生物学者ですらよく知らないだろう。

ランドールは前方に向き直り、手綱をぐっと握《にぎ》りながら小竜のことを考える。あの滑らかな鱗の手触りと美しい光沢、そして透明な瞳を思い出すと、胸の奥がむずむずした。

（可愛かった……）

できればもっと観察して、あちこち触ってみたかった。だがランドールたちには、いまののんびりと伝説の生き物と戯《たわむ》れている余裕がない。

◇

大陸一の大国サルゼード王国の中でも、最も上級に位置づけられている有力貴族オーウェル家の長子として生まれ育ったランドールは、現在、国軍のすべてを統率する立場である将軍という位についている。王命により、国境に築かれた砦へ急ぎ向かっている途中だった。

この国が国境を接している国は全部で三つあるが、そのうちのひとつ、コーツ王国とは長年にわたって不仲だ。

ささいな小競り合いは日常茶飯事《さはんじ》。五年に一度の周期で規模の大きな戦争になっている。そのたびにおたがい小さくない損害を被《こうむ》り、一時的な停戦協定を結ぶのだが、恒久的《こうきゅうてき》なそれにはならない。

こちらとしては、もう諍《いさか》いは終わりにしたいところだが、コーツ王国は目的があって戦争を仕掛けてきていた。サルゼード王国の鉱山《こうざん》が欲しいのだ。

良質な鉱石を産出する山を持つサルゼード王国は裕福だ。近隣国との貿易で富を得、さらに自国内で武器の製造も可能だ。

コーツ王国も貧しくはないが農耕と畜産を主としているため、武器の自力生産はできず、輸入に頼っている。だが鉱山などなくともコーツ王国の国民は肥沃《ひよく》な土地に根付き、牧歌的に暮らしている。鉱山を欲しているのは、より裕福な暮らしを望む王家と有力貴族たちだろう。

サルゼード王国が武力と財力でもって煩《わずら》わしいコーツ王国を攻略してしまうことは、不可能ではない。だが、歴代のサルゼード王国の王はそれを望んではこなかった。

王たちが臆病《おくびょう》だったわけではない。たとえ小さな戦闘《せんとう》でも、兵に犠牲《ぎせい》が出る。街や畑が戦場になってしまえば、当然、市井《しせい》の人々に被害が及ぶ。国民に負担を強いることを良しとしなかっただけだ。コーツ王国とてそれはおなじだろうに。

もともと病弱だったサルゼード王国の前王が早死にしたのも、コーツ王国の件が心身の負担になっていたのでは、と言われている。

前回の戦争からもうすぐ五年。好戦的なコーツ王国は、すでに軍隊を国境にまで動かして陣《じん》を張り、戦闘準備をはじめていた。

前王とおなじく争いを好まない現王は、ランドールに「戦に発展しないよう、治めてきてくれ」と頼んだ。だから腹心の部下であるルースだけを連れて、砦へ向けて馬を走らせている。

話し合いの場を持ちたい、というこちらの意向は、すでにコーツ王国に伝えてあった。

二人は王都を出発してから一昼夜、馬を駆け通しだ。途中の駐屯地《ちゅうとんち》で四度も馬を替えている。並みの騎士では疲労のあまり落馬している頃だが、ランドールとルースは並みではなかった。

この分なら明日の夜までには砦に着くことができる。

だが、ここにきて思わぬ誤算が生じた。

ランドールは悩んだ末に馬の速度をすこしずつ落とした。それを察して、ルースも手綱を緩《ゆる》めている。都合の良いことに、ちょうど街道の前後に人影はなく、小竜と秘密の邂逅《かいこう》をする場面をだれかに見られる心配はない。心無い者に見つかって捕獲《ほかく》されたら、小竜にとって良くない未来が待っているかもしれないのだ。

ゆっくりと停止し、空を見上げた。上空を黒い影が円を描きながら回っている。時折、キラリと鱗が光った。鳥ではあり得ない輝きに、もう一度だけでいい、触ってみたいという欲求がわいてくる。

「ルース、呼べば下りてきてくれるだろうか」

「わかりません。あの竜がどれだけ人語を解するのか、皆目見当《かいもく》がつかないので」

当然の返事だ。ランドールは迷った末に、普通に呼びかけた。

「小さき竜よ。私になにか用か？」

ふっと小竜が飛び方を乱し、やがておずおずといった感じで降下してきた。ランドールがとっさに腕を伸ばすと、そこにふわりと止まる。鳥類に似た二本の足の爪が、腕に食いこんだ。重さは、おそらく鷲や鷹《たか》とおなじくらいか、すこし重いくらいだろう。

水色の瞳が至近距離からじっとランドールを見つめてくる。明け方よりも高くなった太陽の光を浴び、灰青色の鱗はよりいっそう輝いていた。まるで名工の手による芸術品のような美しさだ。

「素晴らしい……。そう思わないか、ルース」

「たしかに素晴らしく美しいですが、将軍、この生き物はあなたがいつも道端で拾う犬や猫とは違いますよ。愛玩用《あいがんよう》ではありません。どうにかして捕獲できないかと考えるのは賛成ですが、こんなところで悪癖《あくへき》を発揮《はっき》しないでくださいね」

「うるさい」

この国で王、宰相《さいしょう》に次ぎ、三番目に権力を持つ将軍に対して、ルースは平気で軽口を叩く。だからこそ側近に取り立てたのだが、ときどき読まれたくない内心まで言い当てられて困る。

「小竜よ、翼は痛まないのか？　私たちを追いかけているように見えるのだが、気のせいか？」

問いかけてみたが、小竜は「クルル…」と喉を鳴らすだけだ。水色の瞳はランドールを興味深そうに見ている。攻撃性はまったく感じず、そのまなざしには知性があった。どれほど人語を解しているのだろうか。

「……ルース、すこし休憩《きゅうけい》しよう」

「すこしだけですよ」

ランドールは腕に小竜を乗せたまま、ひらりと馬を下りた。手綱を引きながら街道を逸《そ》れて、森の中に入っていく。かすかに水の音が聞こえてきた。近くに小川が流れているのだ。

木漏《こも》れ日《び》の中、水の音を頼りに歩いていくと、清流に突き当たった。王都に恵みをもたらす大河《たいが》の支流のひとつだ。

馬に水を飲ませ、ランドールは河原に腰を下ろした。小竜をそっと抱きかかえて、岩の上に乗せてみた。

「翼を見せてみろ」

ランドールの言葉に、小竜は両翼をふわりとひろげた。思わずルースと目を見合わせる。この小竜は人語を解しているようだ――。

ランドールが貼り薬を慎重《しんちょう》に剝ぎ、破れた被膜を診《み》てみると、朝よりも穴が小さくなっているようだった。

「もう治りかけているのか？　すごい治癒力《ちゆりょく》だな。だが、そうでもないと飛べなくなる。竜にとって大切な能力なのか」

「クルル！」

そうだ、と肯定《こうてい》するように、小竜が頭を上下させる。完全にこちらの言葉が理解できているとみていい。

では、なぜケガを負わせてしまった我々のあとを追っているのか、どこから来たのか、仲間はいるのか、聞いてみたい。

「ああ、おまえと話ができたらいいのに」

心からの願望が、口から出た。

その直後、小竜が長い首をのけ反らせて天を仰いだ。体を小刻みに震わせると、じわりと輪《りん》郭《かく》がぼやける。

疲れのせいで目が霞《かす》んだのかと思ったが、ちがっていた。瞬《まばた》きをしている間に、小竜が全裸の少年に変化した。

染みひとつない白い肌と伸びやかな手足、愛らしい丸顔を縁取《ふちど》るようにした柔《やわ》らかそうな癖《くせ》毛《げ》は小竜とおなじ灰青色で、瞳は水色だ。下腹部には髪と同色の陰毛が生え、小ぶりな男性器を半分だけ隠していた。

十三、四歳くらいだろうか。早くに結婚した弟の息子とおなじくらいの年頃に見える。茫然《ぼうぜん》としているランドールの前で、少年は白い頬をほんのりと赤く染めた。灰青色の長いまつ毛が伏せられ、茱萸《ぐみ》の実のような艶《つや》やかな唇から「あの……」と控《ひか》えめな声が発せられる。

無意識のうちに不躾《ぶしつけ》な視線を注いでいたことに気づき、ランドールは慌てて立ち上がった。いきなり過ぎたようで、少年がビクッと身を竦《すく》める。

「あ、いや、驚かせてすまない。君に危害を加えるつもりはまったくないから、そこにいてくれ」

できるだけ優しい声で謝罪し、ランドールは急いで馬に駆け寄り、鞍《くら》に括《くく》りつけてあった袋から野営用の毛布を引っ張り出した。それで少年の体をくるみ、裸体を隠す。

「いまは、これしかない。肌触りは悪いだろうが、我慢してくれ」

少年の柔肌《やわはだ》が、軍の支給品である毛布――丈夫だが柔軟性《じゅうなんせい》はいまいち――で擦《こす》れて傷がつかないだろうかと心配だが、仕方がない。

「ありがとう……ございます」

少年が控えめに微笑《ほほえ》んだ。はっきりと大陸の公用語を喋《しゃべ》ったことに、ランドールはあらためて衝撃を受ける。

（ただの竜ではなく、竜人族だったのか）

まさに伝説になっている種だ。物語の中にしか存在しないと思っていた。実在していたことに驚きを隠せない。ルースも唖然《あぜん》としていて、河原の砂地に腰かけたままぽかんと口を開けている。

「……あの、ぼくもおなじ気持ちなので、人間の姿になりました。竜体のままだと、喋れないので……」

「おなじ気持ち？」

「あなたと、話がしたくて」

ひたと見つめられ、ランドールはなにやら尻《しり》がむず痒《がゆ》くなった。こんなに落ち着かない気持ちになったのは、ひさしぶりのことだ。

ランドールはひとつ咳払《せきばら》いをして、まず自己紹介した。

「私はサルゼード王国の将軍、ランドール・オーウェル。そしてそこにいるのが、私の部下、ルース・フェラース」

「ランドールと、ルース……」

少年は真顔で名前を繰り返している。視界の隅でルースが眉間《みけん》に皺《しわ》を寄せたのが見えた。おそらく少年が名前を呼び捨てにしたからだろう。ルースが口を開く前に、ランドールは砕けた

口調で提案した。

「私のことはランディと呼んでくれ」

「ランディ？」

「親しい者は愛称で呼ぶものだ」

「親しい……」

少年の目がきらきらと嬉しそうに輝く。

（可愛いな、本当に）

思わず感嘆のため息をついてから、ハッと我に返る。ルースの気を逸らすためとはいえ、余計な提案をしてしまった。ちらりとルースを見遣《みや》れば、困惑顔でこちらを注視している。

たしかに竜人族との出会いは奇跡で、じっくりと話を聞いてみたいが、いまはそれどころではない。軽く咳払いをしてから、「君の名前は？」と訊ねてみた。

「ぼくは、アゼル」

「アゼルか。きれいな響きの名だ」

少年――アゼルは照れたようにはにかむ。

（いかん、またご機嫌取りのようなことを言ってしまった……）

まるで女を口説《くど》くときのような甘い言葉を吐《は》いてしまう自分に、ランドールは困惑した。その内心をできるだけ顔には出さないようにしたが、ルースにはきっとバレている。

「君は、竜人族なのか？」

小さく頷く彼に、「どこから来たんだ？」と柔らかな声音を心がけて聞く。

「……一族の村から、来ました」

「村があるのか。どこにあるのか、教えてもらえるか？」

「それは、教えられません。ごめんなさい」

当然の拒絶だ。こちらの顔色を窺《うかが》っているアゼルに、ランドールは安心させるように微笑んでみせた。

竜人族の村があるとしたら、場所はおそらくかなりの秘境だろう。何百年も人の目につかなかったのだから。

その竜人族の子が、なぜ自分に会いに来たのか――。伝説の種に出会えた幸運とその美しさに一時は目が眩《くら》んだランドールだが、徐々に冷静さを取り戻している。

(まさかコーツ王国が私を足止めするために、あるいは籠絡《ろうらく》するために、アゼルを使ったわけではないだろうな)

隣国が秘《ひそ》かに竜人族の子を手に入れ、駒として使う日のために調教していたとしたら。

鋼《はがね》の忠誠心を持つ、と巷《ちまた》では評されているランドールだ。騎士として生き、騎士として戦場で散った父に幼い時から教育を受けていたことに加え、亡くなった前王は王立学院で学友だった。「国を頼む」と最期《さいご》に頼まれ、ランドールは涙ながらに「命をかけて」と誓《ちか》った。

言葉通り、いまランドールはまだ若い新王のために、国軍の最高責任者として身を粉《こ》にして働いている。

三十代半《なか》ばになっても妻を娶《めと》らず独身なのは、この身を国と王に捧《ささ》げているからだ。オーウェル家の家督《かとく》は、弟に任せるつもりでいる。弟にはすでに息子と娘が生まれているので、家についての心配はなにもない。

どんな美姫《びき》にも大金にも揺らがない、自分の命さえ国のためなら惜しくない、そんなランドールの、唯一《ゆいいつ》の弱点が「小さくて可愛い生き物」だというのは、ごく一部の親しい者たちしか知らない。サルゼード王国の最重要機密といっても過言ではない……かもしれない。

その弱点のど真ん中を、見事に突いているアゼルだ。

もしアゼルが衣服を欲したらオーウェルは断れない。街道を逸れて服屋がある町に寄ってしまうだろうし、美味《おい》しいものを食べたいと言われたら町一番の店を貸し切りにするだろう。アゼルが新鮮な生肉の方が良いと言うなら、いますぐに狩りの用意をしたくなる。

いちいちそんなことをしていたら、その分、砦に到着するのが遅れるのは間違いない。

「その、さっき、ルースがランディのことを将軍と呼んでいましたよね。この国の偉い人なんですか」

「まあ、偉い方には入るだろうな」

ルースがなにか言いたそうに口をもごもごとさせたが、目で制した。

「君は自在に竜の姿になったり人間の姿になったり変化させられるのか」

「できます。でもぼくは、まだ体が小さいので、背中に人を乗せることはできません」

「君はいくつなんだ？　言い伝えによると、竜人族は長生きらしいが」

「ぼくは二十歳です」

思っていたよりも上だったので驚いたが、長生きする種ならばおかしくないのかもしれない。

アゼルはさらにランドールをびっくりさせることを言った。

「卵のまま十年孵化しなかったので、そこから数えると三十歳になります」

「卵？」

ギョッとしたが、竜ならば卵で生まれるのは普通なのかと思い直す。

「将軍」

立ち上がったルースが耳打ちしてきた。

「ただの竜ではなく竜人族だったなら、この場での捕獲は無理です。彼らは人間と変わりない知性の持ち主だったと言われています。理由もなく言いなりにはならないでしょうし、簡単に騙《だま》せるとは思えません。ここは任務を優先して、彼とは別れ、先を急《いそ》ぎましょう」

ルースが太陽の位置を見ながら意見してきた。正論だ。名残惜《なごりお》しいが、仕方がない。

「アゼル、すまない。私たちは先を急いでいる。もっと話をしたいが時間がない」

「どこへ行く途中ですか？　南の砦？」

「……そうだ」

言い当てられて、ランドールはルースと目配せし合う。やはり知能は高いようだ。騎士が街道を南に向かって進んでいれば、目的地が砦であることは、たいがいの者にはわかるだろうが、最初から知っていた可能性もある。

「その毛布は君に進呈《しんてい》しよう。しばらく体を休めたら、自分の村に帰りなさい。人間に見つからないように、気をつけて」

「ぼく、ついていっていいですか？」

「それはできない。君とはここでお別れだ。伝説の竜人族と話が出来て、楽しかったよ」

「あの、ぼく、ランディともっと話をしたいです。村の外に出たのははじめてで、人間のことを知りたいです」

毛布を引きずりながら、アゼルが縋《すが》ってくる。潤《うる》んだ水色の瞳が、胸に刺さるようだった。

「人間って、凶暴で残酷な生き物だって教えられてきました。だけどランディは優しいし、その黒い騎士服がとても似合っていて――」

「アゼル、私ももっと君と話をしたかった。残念だ」

「ランディ、すこしだけでいいんです。邪魔にならないようについていくので、つぎの休憩のときに……」

「すまない」

「ランディ」

「本当に急いでいるんだ」

ランドールは後ろ髪を引かれまくっていたが、断腸《だんちょう》の思いで馬に乗った。ルースがあっさりとした態度で先に森の中に入っていく。そのあとについて行きながら、一度だけアゼルを振り返った。

「気をつけて帰りなさい」

まるで子供に言うように声をかけ、木漏れ日《こもび》の中を通って街道に戻る。南北に伸びる道を見渡し、大きなため息がこぼれた。

「将軍、よく我慢しましたね」

揶揄《やゆ》が含まれたルースの口調に、ランドールは不機嫌さを隠しもせずに「行くぞ」と馬の腹を蹴《け》った。

もし、アゼルがコーツ王国の間諜《かんちょう》でもなんでもなかったのなら、悪意ある人間に見つかる前に、無事に村へ戻ってほしい。

それだけを思いながら、ランドールは南へと馬を走らせた。

◇

西へ傾きはじめた太陽の光を浴びながら、アゼルは翼に風を受ける。視線を下に向ければ、街道をひた走る二頭の馬が見えた。騎乗しているのはランドールとルースだ。

村に帰れと言われて、素直に帰れるわけがない。父の命に従うことは無理だとしても、占い婆の気持ちには応《こた》えたかった。それに、ランドールともっと話をしたいと言ったのは本当だ。

やがて二人の騎士は、街道沿いの町に入った。もうすぐ日没《にちぼつ》だ。この町で休みを取るのだろうか。

町の中心街にある宿を素通りし、二人は広い馬場がある石造りの立派な建物の前で馬を下りた。

「将軍、お待ちしていました」

揃《そろ》いの服を着て剣を腰に佩いた男たちが、ずらりと並んで待ち構えていた。

「替えの馬は用意してあります。すぐにお発《た》ちになりますか？　それとも、お食事になさいますか？　用意できておりますが」

アゼルは建物のてっぺんに舞い降り、聞き耳をたてる。どうやらここは軍の施設らしい。

ランドールに馬の手綱を渡された男が、建物の裏手に回っていく。馬房があり、何十頭も馬がいた。

「食事をもらおうか。場所は食堂でいい。砦からなにか連絡はあったか？」

話しながら、ランドールが建物に入ってしまった。外で待っていればまた出てきてくれるだろうが、ランドールの様子を少しでも知りたくて、アゼルはもうすこし低い屋根に飛び移った。

「おい、あそこにいるの、なんだ？」

すぐ近くで人の声がして、アゼルはギョッとした。あたりは薄暗くなってきていたが、顔の判別がつくくらいの近距離に窓があり、そこから人間が頭を出してアゼルを見ていた。

「竜じゃないか？」

「えっ、まさか、そんなはずないだろ」

「いや、竜だ。竜だ！」

もう一人、人間が頭を出した。

「うわっ、竜だ！　本当に竜がいるぞ！」

建物の下に人間がわらわらと集まってきた。全員がアゼルを見上げ、指をさしている。

「捕まえろ！」

口髭《くちひげ》の男がひっくり返ったような声で命じた。ばたばたと人間たちが動き出す。

「だれか弓を射ろ！」

「捕まえたら大手柄《おおてがら》だぞ！」

「網はないか？」

腰の剣を抜いて、窓から身を乗り出そうとしてくる人間もいる。弓に矢をつがえる者が見え、アゼルは慌てた。

ルースに射られたときは運良く翼の被膜に穴が開いただけだったが、もし骨を折られたら治るまで飛べなくなるし、胴体に当たったら致命傷になり得る。成体になれば矢を弾くほどに固くなる鱗も、アゼルのそれはまだ子供のままで、それほどの硬度はない。

翼を広げて飛び立つ。間一髪、放たれた矢がいままでいた場所を通り過ぎた。だがアゼルの灰青色の体は目立つ。次々と矢が飛んで来て、アゼルは上昇するしかなくなった。

やはり人間は凶暴だ。すぐに捕まえようとする。ランドールはそんなことをしなかったのに。

「逃げるぞ！」

人間のひとりが石を投げてきた。ひらりとかわしながら、アゼルは悲しみの目で見下ろす。

「待て！　矢を射るな！」

ぴしりと撓《しな》るような声があたりに響き渡った。集まっていた人間たちが一瞬で鎮《しず》まる。建物から出てきたランドールが、弓を構えていた人間たちを制した。ルースもいる。

「射るな。弓を下ろせ」

「将軍、竜です。伝説の竜が現れました」

口髭の男の上ずった声での報告に、「わかっている」と落ち着いた様子で返している。

ランドールがアゼルを見上げてきた。

「アゼル、おいで」

呼んでくれた。おいでと、腕を差し出してくれて――――！

ランドールが差し出してくれた腕めがけて嬉々として下りて行き、アゼルはふわりと摑まった。

「おお、竜が言うことを聞いたぞ！」

「すごい！」

周囲の人間たちが驚嘆《きょうたん》の声を上げる中、ランドールがアゼルの首を撫《な》でてくれる。そしてこっそりと囁いてきた。

「いまここで姿は変えないでくれ。余計に皆が混乱する。私のそばにいろ。危険な目にはあわせない。いいね？　わかったら、一回だけ瞬きをしてくれ」

アゼルはゆっくりと瞬きをした。

「よし、いい子だ」

また首を撫でてくれ、喉から「クルル…」と甘えた鳴き声が出てしまう。

「将軍、この竜を知っているのですか」

「私の竜だ。手を出すな。なにもしなければ、竜の方から人間に危害を加えることはない」

ランドールがきっぱりとそう言い切ってくれ、喜びがこみ上げてくる。

『私の竜だ』

なんて素晴らしい宣言だろう。アゼルの体に歓喜の渦《うず》が湧き起こる。こんなふうに、人間に言ってもらいたかったのだと、なぜかわからないが切ないほどに懐かしくも思った。

それに、『なにもしなければ、竜の方から人間に危害を加えることはない』とも言ってくれた。この人は自分のことをよくわかってくれているのだ。今朝《けさ》はじめて会って、ほんの少ししか会話をしていないのに、凄《すご》い人だと感動すら覚える。

クルル、クルル、と鳴きながらランドールの黒褐色の瞳を見つめると、微笑んでくれた。

「さすが将軍です。伝説の竜をいつのまに捕らえて調教したのですか」

驚いている口髭の男の質問には答えず、ランドールは、「部屋を用意してくれ」と言った。

「できれば竜と二人きりになりたい。食事はそこでとる」

「わかりました」

口髭の男に先導させ、ランドールが建物に入る。ランドールの肩にとまったアゼルも、建物の中に入った。人間の建造物に入ったのははじめてで、アゼルは壁にかかった絵画や飾ってあるだけの大きな壺、廊下に敷かれた複雑な模様の絨毯《じゅうたん》など、すべてが物珍しくてきょろきょろしてしまった。

気がつくとルースとは別行動になっている。どうしてなのか聞きたくとも竜体のままでは話ができない。

ランドールとアゼルは寝台のある部屋に案内された。部屋の中央にはテーブルと椅子があり、そこに湯気がたつ温《あたた》かそうな料理の皿が並べられる。カゴに盛られた果実以外、見たことがないものばかりだったが、とても良い匂《にお》いがした。

「将軍、竜の食事はなにを用意すればよろしいのでしょうか」

「……とりあえず私の食事を分け与える。なにか必要になったら、またあとで頼むことがあるかもしれない」

ランドールが男を下がらせ、ドアをしっかりと閉めた。椅子の背凭《せもた》れにとまっているアゼルを振り返り、「さて」とひとつ息をつく。

「話がしたい。人間の姿になってくれるか？」

アゼルはすぐさま姿を変化させ、床に二本の足で立った。ランドールが寝台の敷布を剝ぎ、アゼルの裸体を包んでくれる。

椅子に座るよう促《うなが》されて、アゼルはちょんと腰かけた。正面の椅子にランドールが座る。じっとアゼルを見つめたあと、ランドールは胸の前で腕を組み、悩ましげな顔になった。

「君が私たちを追いかけているのは気づいていたが、君のためにとそ知らぬふりをしていた。どうして村に帰らなかった？　あんなに近づいたら人間に見つかることくらいわかっていただろう？　なぜ危険を冒《おか》した？」

固い口調で叱《しか》るように言われ、アゼルは高揚していた気持ちをしゅんと萎《しぼ》ませた。

「ぼくは、あなたともっと話をしたくて……」

「私も伝説の竜人族である君とゆっくり話をしたいとは思う。だが、いまはそんな暇《ひま》はないと言っただろう」

「でも……」

「村から出たのははじめてだと聞いたが、帰らなければ親が心配しているのではないか？　今頃きっと君を探している」

「心配なんて、していません。するはずがないです」

そう言い切ったアゼルに、ランドールは不審《ふしん》げな顔をした。この人は、家族に愛されて育ったのだろう。だから帰りを待つ人なんていないことが想像できないのだと思う。

（ああ、でもぼくにも一人だけ、占い婆だけが心配して待っていてくれているかも……）

父の命でアゼルが山を下りたと、だれかが占い婆に知らせただろうか。知らせてなくとも、一日一度は彼女の住処《すみか》に顔を出していたアゼルが今日は行かなかったことから、異変を察して気を揉《も》んでくれているかもしれない。

占い婆に心配をかけるのは嫌だが、彼女の言葉が発端《ほったん》となって村を出たからには、なんらかの成果がなければ申し訳ないと思う。

父の命じた通りにはできそうにないが、二十五番目にアゼルの前に現れた人間はランドール。この人のそばにいれば、大人の体になれるかもしれない。なれなくとも、なにか得られるものはあるだろう。

それがなんなのか、アゼルは知りたい。

「ランディはさっき、ぼくのことを『私の竜だ』って言ってくれました。ぼくと仲良くしてくれるんでしょう？」

「あれは、そうでも言わないと君が危険だったからだ。君は自分の希少性を理解しているのか？　竜を発見したら、だれもが――」

そのとき、ぐうう、とアゼルの腹が鳴った。

焦《あせ》って両手で腹を押さえたが、ランドールの耳にしっかり届いてしまったようだ。

「……腹が減っているのか？」

真剣な顔で聞かれ、アゼルは恥ずかしく思いながら頷いた。

夜中に村を出発してから、なにも口に入れていない。ランドールに出会ってからいままで、頭の中がランドールのことで一杯になっていたせいか空腹を感じなかった。食べ物を前にして、体が栄養補給しろと訴《うった》えているのかもしれない。

「そういえば、君はずっと空を飛んでいた。そのあいだ、なにも食べていなかったようだが……そもそも竜人族はどのくらいの頻度《ひんど》でなにを食する？」

「あの、いつもは、果実を食べています。山の木に生《な》っているものを」

「それだけか？　動物を獲《と》って食べることはないのか？」

「他の竜人たちは狩りをします。山の動物とか、川の魚とか……」

「他の竜人たち？　君はどうなんだ？」

「ぼくは狩りが下手なので、あまり……」

だれも狩りを教えてくれなかった、とは惨《みじ》めすぎて言えない。言葉を濁《にご》したアゼルをどう思ったのかわからないが、ランドールは「調理はしないのか」と少し質問を変えた。

「ぼくたちは、いつも竜体で過ごしています。人間の姿になるのは、話し合わなければならないときくらいで。手が使えないので、調理はしません。火を使うことが禁じられているし」

「火を禁じられている？　もしかして、人間から隠れて暮らしているせいか。煙《けむり》で居場所が知られないように」

「たぶん……」

「なるほど」

ランドールは何度か頷き、果実が盛られたカゴをアゼルの前に置いてくれた。

「好きなものを食べなさい」

「もらってもいいんですか？」

「腹を空《す》かせた子供の前で、私だけ食事をするわけにはいかない。ほら、いいから、取りなさい。どれがいい？」

アゼルがおずおずと見知った果実を手に取ると、ランドールが微笑んだ。

「では、私もいただこう」

ナイフとフォークを器用に使って、ランドールが食事をはじめる。人間の基本的な生活は書物で学んだ。素手《すで》で食べないことも知っていたが、ランドールが指先のように上手《じょうず》にナイフとフォークを使う光景に驚いてしまう。

「どうした？　君も食べなさい」

「あ、はい」

アゼルは果実に噛みついた。だが皮が固くて歯が立たない。いつも竜体で食べているので、人間の姿のときにどうすればいいのかわからなかった。

「アゼル、それはナイフで皮を剝《む》かなければ食べられない。ああ、そうか、人間の姿なので食べにくいんだな」

ランドールがすぐに気づいてくれた。なんて聡《さと》くて細かな配慮《はいりょ》ができる人だろうと感心する。

「竜体に戻ってもいいぞ。好きなように食べなさい」

そう言ってもらったので、アゼルは竜に変化した。尖《とが》った嘴《くちばし》で果実を突き、中身をついばむ。丸一日、なにも口にしていなかったので、甘酸《あまず》っぱい果汁が美味《おい》しい。

「効率が悪そうな食べ方だな。ちょっと待て」

ランドールがカゴから果実をひとつ取り、添えてあったナイフでするすると皮を剝きはじめた。そして「このくらいか？」と呟きながら、小さく切り分ける。

「ほら、口を開けて」

一切れ指でつまみ、アゼルの口元に運んでくれた。ぱかっと嘴を開くと、そこに落としてくれる。たくさんの果汁が喉を潤し、アゼルは歓喜の声を上げそうになった。

「美味しいか？　そうか。もっと食べろ」

つぎつぎと切り分けた果実を口に入れてもらえ、アゼルは翼を広げてパタパタと動かし、喜びを伝える。

そのとき廊下側から扉が叩かれて、「将軍、フェラースです」とルースの声が聞こえた。「入れ」とランドールが答えると扉が開く。

「将軍、このあとの予定は——」

伏せていた顔を上げたルースが、なぜかこちらを見て唖然とした。

「……なにをやっているんですか、将軍」

「見てわからないか。竜に食事をさせている。アゼル、こっちも食べるか？」

食べたい、という気持ちをこめて「クルル」と鳴いたアゼルに、ランドールはべつの果実を切り分けてくれる。

「ルース、このあとの予定なら、一刻後に出発だ。食事はもう済ませたのか？」

「とうに済ませました。早食いは軍人のたしなみのひとつです。将軍もさっさと食べてください。まだ途中ですよね」

「先にアゼルの腹を満たしてやろうと思って」

ランドールに「あーん」と果実を運ばれ、アゼルはぱかっと嘴を開く。

「全国民憧《あこが》れの将軍が、小竜を前にして鼻の下を伸ばしているなんて知られたら、大変な騒ぎ

になりそうです」

「鼻の下なんて伸ばしていない」

「アーン、ってなんですか、それ」

「うるさい」

「俺がその子の世話をするので、将軍は自分の食事をしてください。せっかくの料理が冷めますよ」

「私の至福のときを邪魔するつもりか」

「あーはいはい、悪癖極まってますね」

二人はなにやら言い争いをはじめたが、ランドールの手は休むことなく果実を剝いたり切ったりしている。

「この竜人族の子、どうするつもりですか」

「とりあえずここからは連れ出す。砦に着く前に、人目につかないところで放すしかないだろうな」

えっ、とアゼルは瞠目《どうもく》した。それは嫌だ、と抗議のつもりで翼をバタバタと動かした。

「本人はその案に反対のようですけど。さっきみんなの前で言ったように、将軍の竜にしてしまえば良いのではないですか?」

ルースは空《あ》いている椅子に「失礼」とことわってから座り、ランドールに意見した。

「アゼルはあれだけの人数に見られています。口止めはたぶん意味がないでしょう。とりあえず、人間の姿にもなれる竜人族であることは伏《ふ》せておくこととして、伝説の竜が生きていたと知られてしまったからには、将軍の権限を最大限に使って保護していくしかないと思います。幸いにもアゼルは将軍に懐《なつ》いていますし」

「…………」

ルースは良いことを言ってくれた。アゼルもその通りだと思う。

ランドールにこっそりついていくことは出来るが、さっきのようにたくさんの人間に敵意の目で見られて囲まれたのは怖かった。ランドールのそばで守ってもらえるなら、恐怖心は最小限で済むだろう。

「しかし、私はこれから砦へ出向くのだぞ。最悪、戦争になるかもしれない。そうなったとき国境は最前線だ。こんなにか弱い小竜を連れて行けないではないか。なにかあったらどうするんだ。かわいそうだろう」

ランドールがため息まじりに呟いた。頑《かたく》なに村に戻れと繰り返す根底には、そんな考えがあったのだ。アゼルの安全を第一に心配してくれているランドールに、どんどん気持ちが吸い寄せられていく。

離れたくない、そばにいたいという気持ちがより強くなる。

だがランドールは、アゼルを戦場になるかもしれない地へ伴《ともな》うことを躊躇《ためら》っていた。か弱い生き物だと思っているからだ。とても手間をかけさせているから——。

アゼルはふたたび人間の姿になった。

「ランディ、ぼくを連れていってください。絶対に役に立ちます」

肌が剝き出しの肩に、ランドールが渋い顔で布をかけてくれる。

「ぼくは空が飛べますから、偵察《ていさつ》とか、できますよ？　あと、天気を読むこともできます。体が小さいので、ランディを背中に乗せることはできませんけど、連れて行ってくれれば、便利だと思います」

なんとか自分を売り込もうとしたが、不機嫌そうに返された。

「自分のことを道具のように言うのはやめなさい。それは献身とは違う」

叱られてしゅんとする。ランドールがむっつりと黙りこんだ。

「将軍、アゼルを連れて行けない理由が、ほかにもあるんですか？」

ルースの問いに、ランドールは口を開きかけ、閉じる。席を立ち、アゼルに歩み寄ると、「動かずに座っていなさい」と命じるなり両手でアゼルの両耳をすっぽりと覆《おお》ってきた。

◇

ランドールはアゼルの両耳を両手でそれぞれ塞《ふさ》ぎ、「なにやってんですか」と呆《あき》れ顔のルースに向き直る。

「この子に聞かれたくない」

「ああ、はい」

「ルース、この子はコーツ王国の間諜《かんちょう》ではないだろうか」

「え？」

その反応から、ルースはその可能性をまったく考えていなかったことがわかる。

「間諜？　アゼルが？　まさか。超がつくほど貴重な竜人族ですよ？」

「だからこそだ。それか、私限定の工作員かもしれない」

「なにを根拠《こんきょ》にそう思ったんですか？」

「おまえも知っての通り、私は小さい生き物に弱い。それを知ったコーツ王国が、私を足止めするために——いや、寝返ることを狙ってアゼルを遣わしたとしたらどうする」

「つまり、そのくらいアゼルは将軍の弱みのど真ん中を突いているわけですね」

ルースがテーブルに肘《ひじ》をつき、悩ましげにため息をついた。

「将軍、アゼルがたとえ工作員として遣わされたのだとしても、これほど使命を果たしていない者はいませんよ。いまのところ、たいして足止めを喰ってはいませんし、将軍は死んでも寝返りませんよね」

「当然だ。だが、これからどうなるかは、わからない」

「アゼルがそんなに可愛いですか?」

うっ、とランドールは言葉に詰まる。

「もしかして、竜体のアゼルに対する小動物への慈《いつく》しみだけでなく、人間の姿のアゼルに劣《れっ》情《じょう》を抱いているとか?」

「そ、そんなわけがないっ。どこからどう見ても、アゼルはまだ子供だろうが」

焦ったランドールはアゼルの耳から手を離してしまった。

「もう秘密の話は終わりました?」

命じた通りに動かないでいたアゼルが、邪気のない表情を向けてくる。

たしかに心をかき乱すほどに可愛らしい。外見は子供だが、アゼルの実年齢は二十歳。なにも問題はないし、外見とて、あと五、六年分育てば大人だ。そこにいたるまで何年かかるか知らないが。

「将軍」

ルースがいつになく真剣な顔を向けてきた。

「もしも将軍の憂慮が当たっていた場合は、自分が始末します。将軍には無理でしょう?」

「ルース……」

「ですから、アゼルを連れて行きましょう」

「どうしてそこまでアゼルを連れて行こうとするんだ?」

「悪用されないためです。たしかに、これからどうなるかわかりませんから」

さっきランドールが口にした言葉を言い返してみせ、ルースは不敵にニッと笑う。

アゼルがコーツ王国の者ではなかったとしても、今後はわからない。ルースはそう言いたいのだろう。

「わかった」

覚悟を決めよう。ランドールは目を閉じ、深呼吸してからアゼルに微笑みかけた。

「アゼル、私についてくるならば、最前線に行くつもりでいなければならない。その心構えができるのか？」

「あ、はいっ」

ぴんと背筋を伸ばし、アゼルが頬を紅潮させて元気に返事をする。

「大丈夫です。なんでも言いつけてください。ぼく、なんでもします！」

水色の瞳をキラキラさせる様子に、ランドールは心の中で（なんでもするなんて危険な言葉を不用意に口にするべきでないと、教えなければならないな……）と呟いた。

ルースに命じて、施設の倉庫からアゼルが着られそうな服を探し出してもらった。

国軍は、基本的に制服と日用品は支給されるので、衣類も豊富に備蓄《びちく》がある。小柄な者用に置いてあるシャツとズボン――それでもアゼルには大きいだろう――を荷物に積みこんだ。これでいつアゼルが人間の姿になっても大丈夫だと安堵する。

「じゃあ、そろそろ出発しよう」

ルースを従え、竜体のアゼルを肩に乗せて外に出ると、見送りの兵がずらりと並んでいた。皆、興味津々《しんしん》でアゼルを見つめている。

口髭の大尉がランドールの前で敬礼した。

「将軍、この先の駐屯地と砦には、鳩を飛ばして現状を伝えてあります。替えの馬の心配はありません。もちろん、伝説の竜を伴っていることも知らせてあるので、大丈夫です！」

なにが大丈夫なのか。アゼルの存在が行く先々で知られているとなったら、もう同伴《どうはん》するしかなくなる。

「王都にも、さきほど鳩を飛ばしました！」

とどめを刺されて天を仰ぎそうになった。

後ろに立つルースが、くっ、と笑いを噛み殺したのが気配で伝わった。

拾った小動物と長く時間を共有すればするほど離れられなくなるのは、経験上よくわかっている。ただの小動物ならまだしも、アゼルは伝説の竜人族で、人間の姿になれば会話もできる。好意を言葉にされたら、もう、半ば以上籠絡されているようなものだ。

ルースか、あるいは自らの手でアゼルを殺さなければならなくなったとき、果たして自分は正気でいられるだろうか。なんのために、いままで独身でいたのか。弱みを作らないためだったのに。

命は、国と王に捧げた――つもりだった。まさかアゼルのような存在に巡《めぐ》り合《あ》えるとは、予想もしていなかった。

「お気をつけて」

沈鬱《ちんうつ》な内心を悟られないよう、ランドールは将軍という位にふさわしい堂々とした威厳《いげん》のある表情をつくる。

兵たちに見送られ、街道へと向かった。

◇

閉じたまぶたに日が差したのを感じ、アゼルは目を開いた。星が瞬《またた》いていた空が、いつのまにか明るくなっている。東の空に太陽が昇っていた。

「アゼル、起きたか?」

接している胸部から直接声が響いてくる。アゼルは「クルル」と応え、首を伸ばしてランドールの顔を見上げた。ツンツンと嘴で顎《あご》を突くと、厚めの唇が笑みの形になる。

「あと半刻ほど走れば休憩地点だ」

馬の規則的な揺れに身を任せ、アゼルは進行方向を見遣る。ランドールの胸の中で寝ているあいだに、ずいぶんと南方へ来たようだ。街道脇の木々の様子が変化している。北方では見たことがない葉のものがたくさん生えていた。

ランドールとルースの体力は半端ない。夜通し馬を走らせてきたのに、疲弊《ひへい》した感じはなかった。しかもこれが二晩目だというから驚きだ。

昨夜、駐屯地を出発してすぐ、ランドールは騎士服の上にマントを羽織り、その中に入るようにとアゼルに命じた。

アゼルは鳥と違い、夜目が効く。ランドールの頭上を飛んでいくつもりだった。だが夜通し駆けると聞いて、そこまで体力に自信がなかったアゼルは、おとなしくマントの中におさまったのだ。

頭だけ出して、ちゃんと前を見ていようと思っていたのだが、ランドールの体温でぬくぬくしているうちに眠くなり、いつしか熟睡《じゅくすい》してしまったようだ。

「アゼル、窮屈《きゅうくつ》だろうが、もうすこし我慢してくれ」

マントの上から背中を撫でられ、アゼルは「クルル…」と甘えた声を出す。

窮屈だなんて、とんでもない。いままで、こんなふうにだれかの胸のぬくもりを感じながら眠ったことなどなかった。とても幸せな眠りだった。それに、目覚めてすぐに優しく撫でてもらえるなんて、夢のようだ。

だれもいない、冷たい寝床にはもう戻りたくないと思ってしまう。竜人族の村で、親に庇護《ひご》されている子を見るたびに、羨《うらや》ましくてたまらなかった。だれかに甘えたくて姉たちに近づいても、無視されるのが常だった。無視は辛《つら》い。暴言を吐かれる方が、まだマシだった。

アゼルの母は、アゼルを産んだあとに亡くなっている。みんなに慕《した》われていた母。亡くした悲しみは、遺されたアゼルに憎しみとなって向けられたのだ。

父や兄姉たちを恨《うら》んだり世を儚《はかな》んだりしなかったのは、占い婆のおかげだ。冷遇《れいぐう》されるのはアゼル本人のせいではないと教えてくれた。

胸を張って生きろ、と寂しさに泣くたびに励《はげ》ましてくれた。

(占い婆、どうしているかな……。父さんも、兄さん姉さんたちも……)

村を出たのは一昨日の夜。まだそんなに時間はたっていないのに、もう遠く感じるのはどうしてだろう。父の命令ももう遠い。

「腹が減ったか?」

そう言われてみれば空腹を感じる。うん、と頷くと、「だろうな。私もだ」とまた撫でられた。気持ち良くて目を細める。

「起きたんですか?」

並走している馬の上からルースが声をかけてきた。

「将軍のマントの中とはいえ馬上で熟睡とは、繊細《せんさい》そうに見えてわりと図太い性質なんですね」

面白そうに笑われ、アゼルは助けを求めてランドールの胸に頭を擦りつけた。

「いじわるを言うな、ルース」

よしよし、とランドールが慰めるように撫でてくれるから、アゼルはホッとしてまた逞《たくま》しい胸に凭《もた》れかかる。

ランドールが予告した通り、昨日立ち寄った軍の施設に似通った建物が見えてきた。広い馬場では朝の調教がはじまっているようで、何頭かの馬が手綱を引かれている。建物の前には、ずらりと揃いの制服を着た男たちが並んでいて、ランドールに向かって敬礼した。

「お待ちしていました、将軍」

先頭に立つ太った男が、ここでは一番偉い人らしい。

「出迎え、ご苦労」

「お食事の用意が出来ております。替えの馬もいつでも出発できるよう、準備万端整えております」

「食事をもらおうか」

ランドールがマントの中のアゼルを片手で抱《かか》えるようにして馬を下りた。頭だけ出しているアゼルを、兵たちがじっと見つめている。

「あの、伝説の竜をお連れだと、知らせがあったのですが、もしかしてそこから頭を出しているのが……？」

「ああ、そうだ」

ばさりとマントが取り払われて、アゼルは灰青色の姿を露《あら》わにされる。おお、と一斉《いっせい》にどよめいた兵たちに、すこしだけ体が竦んだ。昨日、矢を射かけられたり石を投げられたりしたことが、頭の片隅に残っている。

「大丈夫だ、私のそばにいる限り、だれにも手出しさせない」

ランドールの力強い言葉に、アゼルは小さく頷く。昨日とおなじようにルースとは別の部屋に案内され、アゼルはまたランドールに果実を食べさせてもらった。

ぺろりと一つ目の果実を食べてから、アゼルは人間の姿になった。ランドールが素早く席を立って荷物の中からシャツを出してくれる。

「どうした？　いきなり変化して」

「ぼく、自分でナイフを使ってみたいです」

シャツを着たアゼルに、ランドールはナイフを渡してくれた。皮の剝き方を教えてもらい、なんとか指を傷つけずに切り分けることができたが、お世辞にも上手とは言えない出来だった。それでも、「よくできたな」と褒《ほ》めてもらえて、アゼルは嬉しい。果汁でべたべたになった両手を、ランドールが濡れた布巾《ふきん》で拭《ふ》いてくれた。

「こっちも使ってみるか？」

フォークを一本貸してもらい、切った果実に刺してみる。それを口に持っていって、食べてみた。

「上手だ」

また褒めてもらって笑うと、ランドールは眩《まぶ》しいものでも見るかのように目を細める。

自分の食事を再開したランドールの手元をなんとなく眺めていて、温かな料理が気になった。どんな味がするのだろう、とチラチラ見ていたら、「食べてみるか?」とフォークに刺した肉の欠片《かけら》を差し出される。おそるおそる口を開けて、ぱくん。不思議な味がした。弾力がある歯ごたえが面白い。

「どうだ?」

「美味しい……かもしれません……」

「わからないか。じゃあ、もう一口」

また食べてみたけど、やっぱりよくわからない。ただ不味《まず》いとは思わなかったし、二度と食べたくないとも思わなかった。

「お返しに、はい」

アゼルがフォークに刺した果実を差し出すと、ランドールは苦笑いしながら口を開けてくれた。

「うん、美味《うま》いな」

楽しい。楽しすぎて、この時間がずっと続けばいいと祈りたくなってしまう。食事がこんなに楽しいものだと、はじめて感じた。

部屋の扉が廊下側から叩かれて、「フェラースです」とルースの声がしたとき、二人はちょうど食事を終えたところだった。

部屋に入ってきたルースは、ランドールに紙とペンを乗せたトレイを渡した。とても薄くて、てのひらくらいの大きさの紙だ。

「ありがとう」

「王城への鳩は確保しました」

ランドールはその紙に、器用に細かな文字を書きはじめる。おそらく伝書鳩用の紙だ。なにを書いているのか知りたかったが、覗き見するのはいけないことだと認識しているので、アゼルは見ないように横を向いてじっとしていた。

「……アゼル、どうして横を向いている？」

「それは秘密の手紙ですよね？　見ないようにしなくちゃいけないと思って」

「おまえ、字が読めるのか」

驚いたようにランドールに言われ、アゼルの方こそ驚いた。振り向くと、ランドールは手を止めて目を丸くしている。

「読めますけど、いけないことですか？」

「いや、いけなくはない」

そうか、読めるのか——と呟きながら、ランドールは書く作業を再開する。

ペンを置いたランドールは、紙を小さく折り畳《たた》み、トレイに乗っていた小指ほどの大きさの筒に入れる。

「頼む」

トレイに一式を戻し、ルースは退室していった。そのまま黙りこんでしまったランドールを、アゼルは気遣《きづか》うまなざしで見つめる。

「ひとつ聞きたいことがあるんだが」

おもむろにランドールが口を開いた。

「なんですか？」

「竜人族はみんな字が読めるのか」

「読めます」

「書くことは？」

「出来ます。親が子に教えます」

「学校はないんだな」

「学校？　たくさんの子が集まって学問を教える施設のことですか？　そういう場所はありません。子の教育は家族が責任を持つことになっていますから」

アゼルは特殊《とくしゅ》な例だ。家族が教育を放棄《ほうき》したので、代わりに占い婆が担《にな》ってくれた。

「そうか……不思議な集落だな。火は使わないが識字率は高い、ということか」

ランドールは難しい顔になって、また黙りこむ。竜人族が読み書きできると、なにかまずいことでもあるのだろうか。

「あの、ぼく……なにか変なことを言いましたか?」

「どうして?」

「ランディがちょっと怖い顔になったので」

ふっと口元を綻《ほころ》ばせ、ランドールはアゼルを安心させるように微笑んだ。

「怖い顔になっていたか? すまない。竜人族のことだけを考えていたわけではないんだ。いろいろなことを頭の中で整理していた。気にしなくていい」

将軍という職につくランドールが、いったいどれほどの責任を負っているのか、アゼルにはよくわからない。だが大変な地位にいることくらいは想像できる。

(この人のために、なにかしてあげたい)

アゼルははっきりとそう思うようになった。

父の命令を忘れたわけではないが、ランドールを傷つけられるわけがなかった。そもそもそんな技量はない。命令には従えそうにない。

まったく逆の気持ちがこみ上げてきていた。役に立ちたい、という自分の意思を貫いたらどうなるか、わかっている。きっと、帰る場所がなくなる。

ランドールはアゼルに優しくしてくれたし、可愛いとも、きれいだとも言ってくれた。はじめてぬくもりを与えてもくれた。食べ物を与えてくれた。アゼルが差し出したものを食べてもくれた。

ひとつひとつは、ランドールにとっては些細《ささい》なことだったかもしれない。だが異端者と蔑《さげす》まれ、虐《しいた》げられ、孤独を抱えて生きてきたアゼルには、すべてが何物にも代えがたい夢のような時だった。

恩に報《むく》いたい。役に立ちたい。

できるなら、ずっとそばにいたい。もっとくっついていたい。ランドールの服の中に、ずっとずっと丸まって眠っていたいくらいだ。ランドールの体臭《たいしゅう》に包まれ、ランドールの心音を聞きながら毎晩眠れたら、どんなに素晴らしい夜になるだろう。

あれほど帰る場所がなくなることに怯《おび》えていたのに、いったいどうしたことか。自分でも驚くほど心境が変化している。

ランドールがアゼルを欲してくれて、抱きしめてくれるなら、もう――。

（……あれ？　やだな……）

体の奥底がむずむずと落ち着かなくなってきた。股間《こかん》のあたりが熱くなってきて、アゼルは秘《ひそ》かに焦《あせ》る。

（発情期じゃないよね……こんなときに）

じっとりと汗をかきながら、アゼルは竜体に戻ろうかどうか迷った。人間の姿のままだと、生殖器《せいしょくき》の変化がランドールに気づかれかねない。竜体であれば、体内にしまっておけるので、そんなに目立たないのだ。

アゼルは一年前、竜人族の標準よりも遅く、発情期を迎えた。家族からそうした時期の対処方法を教育されていなかったため、動揺したアゼルは占い婆を頼った。

冷たい泉にでも体を沈《しず》めておいで、と言われて、その通りにした。それでも苛々《いらいら》してむずむずして五日間ほど苦しんだ。配偶者《はいぐうしゃ》がいない者たちはこの時期をどう過ごしているのかと占い婆に訊《たず》ねたら、気が合う者と適当に発散するものだと聞かされて驚いた。

孤独に暮らしていたアゼルには、そんな相手を見つけられるわけもなく、次の発情期が怖いとすら思った。幸いにも、二度目の発情期はまだ来ていない。普通は半年に一回らしい。きちんと成人していないせいで、どうやら周期が安定していないようだった。

「そろそろ出発しよう」

おもむろにランドールが立ち上がったので、アゼルはこれ幸いと急いで竜体に変化する。慌てていたのでシャツを脱ぐのを忘れ、あっと気づいたときには裂けてしまっていた。

ルースに叱られたのは言うまでもない。

◇

「コーツ王国軍の動きは、いまどうなっているんだろう。砦の様子は?」

ランドールがだれに言うともなく呟いたせいで、アゼルは大空へ飛び立った。

良く晴れた青空を見上げてみても、小竜の姿は見えない。どこまで飛んで行ったのか、まさか本当にコーツ王国軍の動向を探りに行ったのか、心配でならなかった。

あと半日も馬を走らせたら砦に着く、という地点まで来ている。アゼルが飛んで行ったのは、街道脇の小川で馬に水を飲ませ、休憩をとっているときだった。

「将軍、戻ってこなかったらどうします？」

ルースが不吉な予想を立ててきたので、ランドールは睨《にら》みつけてしまった。

「コーツ王国の工作員かも、って言ったのは将軍ですよ。あの子がもしそうなら、将軍の居場所を知らせて戻ってこず、その代わりに砦に着く前に一個中隊くらいが襲いかかってくるでしょうね」

「そのくらい蹴散《けち》らせる」

「もちろんおとなしくやられるつもりはありませんけど」

「……エイムズに竜の使役方法を調べてもらうよう、頼んだ」

「エイムズ宰相《さいしょう》に？　王都に鳩を飛ばしたのは、それでですか」

王都で国政の中心を担《にな》っているのは宰相のエイハブ・エイムズだ。二年前、前王の死去に伴《ともな》いわずか十歳で王の座についたヴィンス王を支えている。

エイムズも前王とは学友だった。中級貴族の出身だが、抜群《ばつぐん》に頭が良く、王立学院一の秀才と呼ばれていた。その分、武道はまるでダメで、ランドールを足して二で割ればバランスの取れた優秀な男が二人出来上がるのに、と前王に冗談まじりに言われたことがある。

博識なエイムズならば、失われた竜の使役方法を知っているのではないか、あるいは王立図書館で調べられるのではないかと、一縷《いちる》の望みを託《たく》した。返事は砦に届けてくれるよう、頼んである。

アゼルがコーツ王国の工作員ではなかったとしても、完全にランドールのものにするには正しい使役方法がわからなければだめだ。

自惚《うぬぼ》れでなければ、アゼルはランドールに好意を抱いてくれている。だがランドール以外の者が正しい使役方法でアゼルに接してしまったら、本人の意思とは関係なく離れていってしまう可能性があった。

逆に、今現在コーツ王国のものだとしても、ランドールのものに出来るだろう。

ルースが口にした『悪用されないために』という言葉がランドールの胸に響いた。アゼルが他国に所有され、使役される事態は避けなければならない。

かつて竜は戦場で威力を発揮《はっき》したという。当時の竜に関する記録はほぼ残っていないため、どのように活躍《かつやく》したのか定かではない。だが人が背中に乗れるほどの大きな竜が現れたら、それだけで人間は恐怖を覚え、まともに戦えなくなるだろう。

そんな軍略上の駆け引きをなしにしても、ランドールはアゼルがほしい。アゼルにとって一番良いのは竜人族の村に戻ることだろうが、ほしくてほしくてたまらなかった。

あんなに愛らしく美しい生き物はいない。竜体のときはもちろん、人間の姿になったときの眩しいほどの可愛らしさは、ランドールの胸をときめかせている。

ひさしく忘れていた感覚だ。人間の姿のアゼルを前にすると、抱きしめたい衝動に駆られる。

（こんな気持ちになったのはひさしぶりすぎて、どうすればいいのかわからん……）

自制心には自信があった。十五歳で軍に入隊して十六歳で騎士と認められ、三十歳で副将軍、二年前三十三歳で将軍に任命された。

常《つね》に沈着《ちんちゃく》冷静を心がけ、戦時に備えて心身を鍛《きた》えた。ちょっとやそっとでは動じない、はずだった。

だがアゼルと出会ってから、動揺しっ放しだ。

表情には極力出さないようにしているが、ルースにはバレている。

（頼むぞ、エイムズ……）

細身で片眼鏡《かためがね》を使う宰相の姿を思い出す。エイムズは銀髪を肩まで伸ばし、暗青色の瞳を持つ男だ。愛想がなく、長年の付き合いであるランドールですらエイムズの笑顔を見たのは片手で数えるほどしかない。堅物《かたぶつ》で、ランドールとおなじく独身主義者。冗談のひとつも言わない。だが国への忠誠心は厚く、ランドールに引けを取らない。新王もエイムズには全幅の信頼を寄せている。

そんなエイムズだから、きっとランドールとアゼルのためになんらかの策を授けてくれるにちがいない。

「あ、戻ってきました。良かったですね」

ルースの声に空を見上げれば、大鷲に似た黒い影がたしかに近づいてきている。鳥の翼ではなく、骨格に被膜が張られた翼だと判別がつくころには、アゼルの灰青色の鱗もはっきりと見えた。ランドールはホッと安堵する。

アゼルはまっすぐに下りてくると、河原に足をつける直前に人間の姿に変化した。人間の足で砂地に着地し、全裸のまま、タタッとランドールの前まで駆けてくる。

この事態を予期していたランドールは、用意していたシャツを着せかけてやる。大きなシャツは、アゼルの下腹部も隠す役目を果たしてくれた。

「砦の周囲は静かでした。まだなにも起こっていません。ただ、見たことのない旗を掲《かか》げた一団が、砦前の川の向こう側にいました」

「このような旗か?」

ランドールが砂地に木の枝で描いてみせると、「はい」とアゼルが返事をした。コーツ王国のものだ。

「砦前の川向こうか……」

アゼルの言う『一団』とは何百人、何千人単位のものだろうか。一個師団となると、厄介だ。

五千人以下の連隊規模なら、短期間で蹴散らすのは可能だが、囮《おとり》という線もあった。

川向こうには森が広がっている。その中に小隊をいくつか潜《ひそ》ませておくことは不可能ではない。少人数でも、思いがけない方角から攻撃を仕掛けられたら、いくら強固なつくりの砦でも防ぎきれないことがある。

万が一、国境の砦がひとつ落ちたとしても、この大陸一の大国サルゼード王国が揺らぐことはないが、兵の命を無駄にしたくなかった。

サルゼード王国に徴兵制《ちょうへいせい》はなく、国軍の兵はみな志願して国を守る職についている。はじめから命を懸《か》ける覚悟でいるが、無駄死にを望んでいるわけではない。兵も国民だ。ランドールは、できれば一人も失いたくなかった。大切な鉱山を渡すわけにはいかないが、かといって無駄に兵を失うのも御免《ごめん》だ。やはり話し合いで乗り切るのが最善だろう。

川向こうに陣を張った一団が囮かどうかわかればいいが、そこまで専門知識のないアゼルに探らせるのは酷《こく》だとわかっている。

ランドールをじっと見上げて言葉を待っているアゼルに、微笑んでみせた。

「ありがとう。とても有益な情報だ。おまえは優秀だな」

灰青色の髪を撫でると、アゼルは照れたように笑った。可愛い。抱き上げて、その白い頬にすりすりと頬ずりしたい衝動に駆られたが、ぐっと我慢した。

「よし、出発しよう」

水辺の草を食《は》んでいた馬の手綱を引く。アゼルはルースに言われてシャツを脱ぎ、竜体に戻った。脱ぎ捨てられたシャツを、なにやら小言を口にしながら畳むのは、この場ではルースの役目だ。

休憩を終えて街道に出ると、ふたたび馬を走らせる。順調に進み、ランドールたちが南の砦に到着したのは、日没直前のことだった。

頑丈《がんじょう》な石を積み上げて建設された南の砦は、百年ほど前にコーツ王国との境に建設された。国境は険《けわ》しい山が連《つら》なる地形で、軍隊を山越えさせるのは困難を極《きわ》める。そのため川沿いのわずかな平地を通り道にすることが多く、そこを塞《ふさ》ぐ形の砦を築いたのだ。いわゆる城主は置いておらず、城下町もない。軍略に特化した、要塞だった。

夕闇《ゆうやみ》の中、中央の尖塔《せんとう》にサルゼード王国の旗を掲げ、南の砦はどっしりと頼もしい姿を見せていた。川から水を引いた濠《ほり》が廻《めぐ》らされ、跳ね橋がかけてある。

それを、ランドールの胸元から竜体のアゼルが興味深そうに眺めた。途中まで空を飛んでいたアゼルだが、疲れが見えてきたのでマントの中に入れたのだ。

橋のたもとにランドールとルースが乗った馬が立つと、跳ね橋が静かに下ろされる。橋を渡ったところに、ひっそりと壮年の男が待っていた。

篝火《かがりび》に照らされた顔は、見知ったものだ。砦の責任者であるカークフンド大佐だった。ここまで立ち寄ってきた軍の施設のように、仰々《ぎょうぎょう》しい出迎えはない。

「将軍、お待ちしていました」

落ち着いた口調で敬礼してきたカークランドは、ランドールより五つほど年上の男だ。名のある騎士を何人も輩出《はいしゅつ》している上級貴族の出身で、ランドールが入隊したときには世話になったという間柄だった。

騎士服の上からでも、鍛《きた》えられた肉体がわかる。日々の鍛錬《たんれん》を怠《おこた》っていないのだろう。四十代になっても衰《おとろ》えを感じさせないのはさすがだった。

「静かだな」

「いまのところは」

馬を下りたランドールの胸元を、大佐が覗きこんでくる。やや怯えたように首を竦めながらも、アゼルはカークランドを見ていた。

「これが竜ですか。なるほど、美しい。謎《なぞ》めいた色の鱗ですね。瞳はまるで宝玉のようだ」

可愛いだろう、と喉まで出かかり、ぐっと飲みこんだ。

「王都から伝書は届いているか?」

「ついさきほど届きました」

さすがエイムズだ。仕事が早い。すぐにでも読みたいと言うと、カークランド自らが案内に立ってくれた。見覚えがある通路を進み、将軍のための部屋へと歩いた。

この砦に来るのは二年ぶりになる。そのときの名目は視察だったが、この地で戦死した父へ、自分が将軍の任に就いたことの報告も兼ねていた。

五年前、当時副将軍だった父は、コーツ王国軍との戦いの中で命を落とした。ランドールも一個師団を率いる中将として従軍しており、むざむざと父を死なせてしまったことを悔《く》やんだ。その後、コーツ王国とは停戦協定が結ばれた。

空席になった副将軍職に、ランドールは任命された。家柄だけでなく、戦績と忠誠心が重視されたと聞く。素直には拝命できなかったが、前王に『軍事力の面から私を支えてくれ』と頼まれては、断れなかった。

その三年後には、将軍職に就いていた者が勇退し、ランドールがそのまま繰り上がることになった。

将軍の立場で見た砦からの景色は、すこし違っていた。父を失った心の傷が癒《い》え、ランドールは当時の戦略と戦術に穴があったことを冷静に分析できるようになっていた。

一兵卒も失わないためには、どうすればいいか。兵にもそれぞれ家族がいる。悲しませたくない。それはコーツ王国とておなじだろう。

コーツ王国と数十年単位の半恒久的な休戦協定が結べたら、悲劇を減らせる。だが平和との引き換えに鉱山の権利を何割か寄越せと言われても困る。こちらに有利な状況を作れたら良いのだが——。

（やはり武力しかないのか……）

サルゼード王国の頭脳と呼ばれているエイムズにも答えが導き出せない、長年にわたる難問だ。

将軍の部屋に入ると、執務机《しつむづくえ》にトレイが置かれ、密封された状態の伝書が乗っていた。鳩の足から外したばかりと思われる、小指ほどの小さな筒だ。

「すぐに軽食の用意をします。そのあと、軍議に入りますが、よろしいですか？」

「なにか果実があれば、ナイフを添えて持ってきてくれ」

「果実？　ああ、竜の餌《えさ》ですね。わかりました」

アゼルの食事を餌と表現されてムッとしたが、仕方がない。カークランドはランドールとアゼルを残し、部屋を出ていった。

マントを脱いでアゼルをソファの背にとまらせ、ランドールはエイムズからの手紙を開いた。最初から最後まで、二度、繰り返し読み、落胆《らくたん》のため息をつく。望んだ答えは書かれていなかった。エイムズの豊富な知識の中に、竜の使役方法はなかったらしい。だが王立図書館で鍵《かぎ》となる言葉を見つけたようだ。

「血の絆《きずな》……？」

古い書物に、かつて人間と竜は『血の絆』を結んで強固な信頼関係を築き、共存していた、とあるらしい。そうすれば、離れていても心が通じ、他の人間の命令には一切従わなくなる。

どんな方法で『血の絆』が結べるのかわからないので、引き続き調査する、とあった。

そして『貴重な竜人族を他国に渡すな。なんとしてでも手懐けてみせろ』と厳命《げんめい》が――。

エイムズもランドールやルースとおなじ見解らしい。

ソファアの背にとまっておとなしくしているアゼルを見遣った。肩にとまっていては手紙を盗み見てしまうからだろう、アゼルは下ろされた場所から動かないようにしている。呼べばすぐに飛んで行きます、と従順な目が言っているようだ。

「アゼル、すこし聞きたいことがある。人間の姿になってくれ」

ランドールが頼むと、アゼルは速やかに姿を変化させた。とりあえずマントを羽織らせて体を隠す。

「アゼルは、その昔、竜が人間に使役されていたことを知っているか？」

「知っています」

「人間は残酷で凶暴な生き物だと教えられてきたと言っていたが、竜人族が秘境に逃れた理由はそれなのか？」

「ぼくたちが先祖代々の言い伝えとして教えられてきたのは、人間に使役されていることが辛く、耐え難《たえがた》くなったので、一族は山奥に逃れた、ということだけです」

それほど人間に使役されるのは辛いことだったのだろうか。当時、人間と竜の関係はいったいどのような状況になっていたのか――。

「では、血の絆を知っているか？」

「血の、絆？」

アゼルは首を傾《かし》げ、「わかりません」と首を横に振った。嘘をついているようには見えない。

血の絆とは、いったいどういうものなのだろうか。それがわかれば、アゼルはランドールのものになる。使役できるようになれば、国のために活用できるだろう。

（いや、それ以上に、この可愛らしい生き物を独占できる喜びの方が、魅力的だ）

扉が叩かれ、ルースが入ってきた。茶器とパン、果実を乗せたトレイを持っている。ここまで運ぶ係を買って出てくれたのだろう。

ルースは人間の姿でいるアゼルに、ちょっと眉《まゆ》をひそめた。

「アゼル、その姿になるならシャツを着ろ。それではだれかに目撃されたら将軍が執務室で美少年を裸に剝いて観賞するような変態だと知られてしまう」

「おい、知られるってどういう意味だ。私は変態ではない」

「そうでしたか。お茶淹《い》れますね」

ルースはしれっとポットからカップに琥珀色《こはくいろ》のお茶を注ぐ。「どうぞ」とランドールの前にカップを置き、アゼルの前には果実とナイフを置いた。

「将軍、宰相からの手紙には、なんらかの解決策が書かれていましたか？」

「いや、これといって……」

「それは困りましたね」

「ただ、血の絆という鍵になりそうな言葉を探し当ててくれた。竜と血の絆を結ぶことができれば、何人《なんぴと》も割り込むことができないほどの強い信頼関係を築けるらしい」

「でもそのやり方が不明だというわけですか」

ため息とともにランドールは頷いた。眉間《みけん》に皺《しわ》を寄せて、ルースが考えこむ。

「血の絆……。血判書でも作る、とか？」

「そんな方法だったら、どこかに一枚くらい現物が遺っていそうだろう」

「ですね」

うーむ、と二人で考えこんでいると、また扉が叩かれた。ルースが細く扉を開け、「お待ちください」と返事をする。カークランド大佐だろう。

「将軍、アゼルは奥の部屋に移動させた方がいいんじゃないですか？」

ルースの提案にランドールは頷いた。

「アゼル、こっちにおいで」

果実のトレイをさっと持ち上げ、ルースがアゼルを伴って奥へと続く扉を開ける。アゼルが物言いたげにランドールを振り返ったので、「奥の部屋で待っていてくれ」と笑顔を向けた。アゼルはおとなしくルースに連れられて行く。

砦内の将軍の部屋は三部屋が続きになっており、一番手前が軍議もできる執務用、二番目と三番目は居住空間で、一番奥が寝室だ。

まだアゼルへの不信感は中途半端に残っているので、たとえ竜体だとしても軍議内容が聞こえる場所に置いておくわけにはいかない。

ルースはすぐに戻ってきた。

「寝室でおとなしくしているよう、言いつけてきました」

「そうか」

ルースが廊下側の扉を開けると、カークランドを含む数人の士官が入ってきた。みな、見知った顔だ。ランドールは立ち上がり、ひとりひとりと握手をする。

「ひさしぶりだ、元気だったか」

「はい、将軍もお元気そうで」

和《なご》やかに挨拶《あいさつ》を交わす。

「将軍の竜はどこです?」

「奥の部屋で休ませている」

「あとで見せてくださいよ」

「あとでな」

それぞれソファやベンチなど、空《あ》いている椅子に腰を下ろした。

「さて、軍議をはじめよう」

ランドールの呼びかけで、空気が一気に緊張感を孕《はら》んだ。

◇

砦内の将軍の部屋は、とても簡素だった。

アゼルはぐるりと室内を見回し、寝台と空《から》の棚《たな》しかないことにびっくりする。個室があること自体が将軍の特権だとは、このときのアゼルには知る由《よし》もない。

窓がひとつだけあった。鎧戸《よろいど》は内側に開くようになっている。その理由が開けてみてわかった。鉄格子《てつごうし》がはまっている。まるで牢屋《ろうや》のようだと唖然としたが、これは外部からの侵入を防ぐためではないかと、さすがにアゼルも見当がついた。

鉄格子は人間の頭は到底入らない間隔《かんかく》ではめられているが、竜体になれば通り抜けられそうだ。アゼルは完全に日が落ちた外を眺める。

砦の周囲には濠が作られ、水が満ちていた。

篝火がたくさん焚《た》かれていて、砦の周囲は明るい。濠の水にも火が映《うつ》り、城壁の上を槍《やり》を手にした甲冑姿《かっちゅうすがた》の兵が巡回《じゅんかい》しているのがよく見えた。

だが明るいのは砦の周りだけだ。森は黒々とした絨毯《じゅうたん》のように広がり、その中にどれだけの敵国の兵を内包しているのか一見しただけではわからなくさせている。

「……もっと詳《くわ》しく調べてきたら、ランディは喜んでくれるかな……」

砦に到着する前に、一度だけ偵察のために飛んだが、持ち帰った情報はランドールにとっては物足りなかったようだった。

武装した集団が怖くて、あまり近づけなかった。ランドールとルースはもうとうに怖くなくなったが、集団で武装している人間たちはやはり怖い。いつ矢を射てくるかわからないし、もし当たって捕まってしまったら、どんなに酷い目にあわされるかわからないからだ。

「でも、夜なら、矢を射られても当たらないよね、きっと」

今夜は雲が厚く空を覆《おお》っていて、月も星もない。人間にとっては活動しにくいだろう。だがアゼルは夜目が効く。

「……行ってみよう」

羽織っていたマントを肩から落とし、アゼルは竜体になった。鉄格子の間からするりと外に体を出す。そのまま夜の闇の中に飛び立った。

できるだけ静かに森の上を飛ぶ。篝火が点在しているあたりに近づいていき、ぐるりと上空を回った。

ランドールは敵のなにを知りたいのだろう。兵の数か、それとも作戦か。指令を出す偉い人はどこにいるのかもわかった方が、喜んでくれるかもしれない。

篝火の近くには、いくつも天幕が張られていた。槍を手にして甲冑を身につけた兵が、何人もうろうろと歩き回っている。

アゼルは地形を確かめ、天幕を数えた。

そして一番たくさんの兵が守っている天幕があやしいと思って近づく。だが、あまり近づいては光沢のある灰青色の体は篝火を反射して見つかる可能性があった。仲間たちのように暗い色ならば、闇夜に紛《まぎ》れてもっと近づくことができただろうに、と悔《くや》しい。

それに成体ならば、見つかって矢を射られても固い鱗が弾《はじ》いてくれるし、大きな翼で強風を起こすことができる。天幕を吹き飛ばせば、そこにどんな人物がいるかわかっただろう。

（大人になりたい……）

アゼルは、いままで心から大人になりたいと思ったことがなかった。父や兄、姉たちから「いつまでたっても大人にならない未熟者」と蔑まれていても、占い婆は「不憫《ふびん》な子」と可愛がってくれた。きっとそこに甘えていた部分もあった。

でもいま、やはり大人になりたい、と切実に思う。ランドールの役に立つためには、子供のままでは限界がある。

（ランディを背中に乗せて飛べたら……）

馬よりも早く移動できる。ランドールが望む場所へ、アゼルはどこへだって連れて行ける。名実ともに、ランドールの竜になり、「私の竜」と言ってもらいたかった。

（あっ……！）

考えごとをしていたせいで、うっかり天幕に近づきすぎた。バサリ、と音をたてて翼をはためかせてしまう。数人の兵士が振り向いた。

「なにかいるぞ！」

「天幕の上だ」

「梟《ふくろう》か？　蝙蝠《こうもり》か？」

アゼルは慌てて体勢を立て直し、上昇しようとした。その過程で篝火の脇を通ってしまう。その瞬間、兵たちが息を飲んだ。

「竜だ！」

見られた。

アゼルは必死でその場を離れようとした。

「捕えろ！」

ひゅん、ひゅんと矢が空気を裂いて飛んでいく音が聞こえる。ガツン、と背中を殴《なぐ》られたような衝撃があった。

運良く矢は貫通した。次いで翼の被膜を矢が貫く。

致命傷ではないが、ともすれば恐怖のあまり体が硬直して失速しそうになる。

兵たちの騒ぎから、とにかく離れようと翼を動かした。アゼルは泣きそうになりながら砦の明かりを目指して飛んだ。

◇

軍議の途中、ルースが静かに席を立った。寝室までアゼルの様子を見に行くのかなと、ランドールは側近の背中を見送る。

とうに果実は食べてしまい、きっと退屈をしているだろう。暇を持て余して寝ているかもしれない。寝台で寝ているのならいいが、床に転がっていたら大変だ。竜体か、それとも人間の姿か。

どちらでも可愛いからいいが、ルースではなく自分が世話を焼きたい。むずむずする。

将軍である自分が軍議を抜けたらまずいかと我慢しているが、隙はないかと、意見を交わしている士官たちの様子をつい窺ってしまう。

すると、ルースが慌ただしく足音をたてて戻ってきた。

「将軍っ」

アゼルになにかあったのか、とランドールは立ち上がる。

「どうした」

「アゼルがいません」

「なんだと？」

ルースを押しのけて寝室へと駆けた。

「アゼル！」

飛びこんだ寝室は無人だった。羽織っていたマントが床に落ちていて、窓が開いている。鉄格子は壊されていなかった。だが、よく見てみれば竜体になったアゼルにならすり抜けられる間隔だろう。

寝室に閉じこめたつもりだった。扉は執務室に繋《つな》がるひとつだけだし、窓には鉄格子がはまっている。竜体になれば格子の間から出られることまで考えていなかった。

「窓から出たのか？」

「おそらく」

「なにをしに行ったんだ」

やはりアゼルはコーツ王国の工作員だったのか？　と、目の前が暗くなる。

軍議を盗み聞きしていたのだろうか。

だがいまの段階で、アゼルがこちらの重要な軍事機密を手に入れたとは考えにくい。

ランドールたちが執務室で話し合っていたのは、停戦協定の有利な進め方だ。協定が締結できなかった場合の戦略も、もちろん議題に上がっていたが、経験豊富な士官ばかりなので指示語ばかりで話していた。盗み聞きしていたアゼルがそれを記憶していたとしても、コーツ王国にそれほど有益《ゆうえき》な情報をもたらせたとは思えない。

「将軍、竜が逃げたのですか？」

カークランドが背後から訊ねてきて、ランドールは押し黙った。ほかの士官たちもぞろぞろと寝室まで入ってきてしまい、口々に残念だと訴えている。一番残念なのは自分だと、ランドールはぎりっと奥歯を噛みしめた。

(ただの夜の散歩に出かけただけなら良いが……)

一縷《いちる》の望みを胸に窓から外を眺める。黒い森が広がるばかりだ。

「将軍、どうします?」

「どうもこうも……」

小声で窺ってきたルースに、苦々しげな声で応えようとしたときだった。

かすかに、バサッと翼がはためく音が聞こえた。ランドールの目に、雲間からわずかに差しこんだ月光を弾く灰青色の小竜が見えた。

(帰ってきた!)

ランドールの胸に歓喜が湧き起こる。だがアゼルの飛び方がおかしいことに気づいた。片方の翼の動きがぎこちない。まっすぐ飛べていなかった。

「アゼル!」

鉄格子の間から腕を伸ばす。アゼルはなんとか翼を動かして近づいてくると、ランドールの腕を足でしっかりと摑んだ。アゼルが格子に当たらないよう、注意して腕を引き、部屋に入れる。ルースが窓を閉めた。

「おお、竜だ……」

カークランドたちが驚愕《きょうがく》の呻《うめ》きを漏らしたが、ランドールはそれどころではない。閉じた翼を広げてみると、被膜に穴が開いていた。不安定な飛び方から、もしや翼をケガしているのではと思っていたが、当たっていた。

しかもそれだけではなかった。背中の鱗が一部剝がれて血が滲《にじ》んでいる。矢じりが掠《かす》った傷に見えた。

「矢で射られたのかっ？　だれに？」

クルル…とアゼルが水色の瞳で見つめてくる。背後で動いていたルースが、傷の手当て用にと、清潔な布巾《ふきん》と傷薬と貼り薬、鋏《はさみ》と包帯などを横から差し出してきた。

「どこへ行っていたのだ。砦の見張りに射かけられたのか？　まさかコーツ王国軍の陣地まで行ったのか？」

クルルクルル、とアゼルは鳴いたあと、竜体の輪郭《りんかく》をぼやけさせた。人間の姿になるつもりか、とランドールは「ルース、服を出せ！」と命じた。

すかさず差し出されたシャツを広げたと同時に、アゼルが少年の姿に変化する。その場でぺたりと床に座りこみ、「痛い……」と呟いた。

「どこが痛い？　ああ……人間の姿になると傷が広がるのか……。アゼル、竜に戻れ。もしかしたら、その方が傷の治りも早いのではないか？」

「でも、竜体のままだと喋れません」

ランドールの疑問に答えるつもりで変化したのだと、アゼルが訴えてくる。ランドールは動揺のあまり立て続けに疑問をぶつけてしまった自分自身に腹が立ち、行儀悪く舌打ちしそうになった。

シャツ一枚ではアゼルの下半身を覆いきれないからか、ルースが気をきかせて寝台から敷布を剝いだ。座りこんだままのアゼルの下半身を、敷布でぐるりと巻いてくれる。

背中にある矢傷に、ランドールは丁寧に薬を塗《ぬ》った。その上に貼り薬を何枚も並べて貼っていく。さらに包帯を巻いた。

「ランディ、あの、敵の…コーツ王国軍？　のところまで行ってみたんですけど――」

「この傷はコーツ王国軍にやられたのか」

「あ、はい。天幕に近づきすぎて、見つかってしまって」

「敵の陣地までなにをしに行ったのだ」

「なにか、わからないかなと思って」

「私は頼んでいないぞ。勝手に外に出て良いとも言っていない！」

つい厳《きび》しい口調になってしまう。アゼルは怯《ひる》んだが、「でも、ぼくはランディの役に立とうと思って」と言い募《つの》る。もう何度も聞いたセリフだ。さすがに、聞き流せなかった。

「コーツ王国軍のなにを探れば良いのかもわからないくせに、勝手な行動をとるな。もしおまえが敵に捕らえられたら、どうするつもりだったのだ。逆にお前からこちらの情報を奪われ、私が不利になるとは考えなかったのか。こんなケガまでして……！」

ランドールの怒りに、アゼルが顔を青くした。じわりと涙が滲んで水色の瞳が潤む。縋るような目を向けられても、ランドールは平常心に戻れなかった。

包帯の端をとめ、大きなため息とともにアゼルから離れる。啞然とした表情で一連のやり取りを傍観《ぼうかん》していた士官たちを押しのけ、ランドールは足音も荒々しく寝室を出た。

そのまま執務室も出てしまい、砦内の石造りの廊下をどこへともなく歩いていった。

◇

「お、怒らせちゃった……」

ぼろぼろっと涙がこぼれて、アゼルは愕然《がくぜん》とルースを振り返る。苦笑いを浮かべたルースが、立ち上がるように促《うなが》してきた。

「床に座っていたら体が冷える。ほら、こっちで体を休めろ」

ひとつしかない寝台に横になれと言われ、アゼルは拒絶した。

「ダメです、そこはランディが寝るところですよね？　ぼくは、床の上でいいから」

「将軍が戻ってくるまでなら寝台を使ってもいいさ。ほら」

ルースにひょいと抱き上げられ、抵抗する間もなく寝台に乗せられてしまった。

「ルース、どうしよう……ランディが怒、怒って、出て、行っちゃった……」

また涙が溢《あふ》れてきて、アゼルは両手で涙を拭った。あとからあとからこぼれ出てくる涙で、顔も両手もぐちゃぐちゃになる。

「まあ、たしかに激怒していたな。でもそれは、将軍がものすごく心配したからだ。無事に戻ってきたかと思ったら、この傷だ。そりゃ怒るだろう」

「ひ……ひーん………」

ルースにダメ押しされて、アゼルはもっと泣いた。丸くなって泣きながら、竜体になる。縮んだ分、包帯が緩くなり、アゼルは包帯と敷布に埋《う》もれるようにしてめそめそした。

「ルース少尉、説明してもらえないだろうか」

カークランドの声がしたが、全部ルースに任せて、アゼルは自分の殻《から》に引きこもった。

「将軍が連れてきたのは、ただの竜ではなく竜人族だったのだな？　それで、名前はアゼル。まだ子供で、将軍は自分のことをランディという愛称で呼ばせている。ここまで合っているか？」

「はい、その通りです」

「アゼルは将軍に無断で窓から外に出て、コーツ王国軍の陣まで偵察に行ったのか？」

「そのようです」

「そしてケガをして帰ってきた、と」

「ですね」

カークランドを含む士官たちが、一斉《いっせい》にため息をついたのが聞こえた。

「……あんなに冷静さを欠いた将軍を見たのははじめてだった……」

「私もです。驚きました……」

「いや、しかし、それもむべなるかな、といった感じですかね」

「これほど美しい少年を見たのははじめてです。息を飲みました。しかも、表情や仕草がこれまた、大変愛らしい。将軍が独身を貫いているのは、もしかして――」

「ああ、私もそう思いました。将軍はもともとそうした趣味がおありで……」

「いや、私は両刀だという話を耳にしたことがあります。将軍は博愛精神がおありなのですよ。私は王都の花街で将軍と昵懇《じっこん》にしている娼妓《しょうぎ》を知っています」

「博愛精神！　素晴らしい言葉ですね。私にも博愛精神はありますよ」

なにか口々に言われているが、アゼルにはちょっと理解が追いつかない。

「みなさん、落ち着いてください。将軍について、憶測《おくそく》で物を言わないように。それと、ここは街の酒場ではありません。国境の砦です。私などが言うまでもないでしょうが、緊張感を忘れないでください」

ルースがぴしりと士官たちの会話を断ち切った。

「この場は一旦《いったん》、解散しましょう。軍議の中で将軍からお話があったように、陛下は本格的な戦《いくさ》は望んでおりません。みなさんの役割分担《ぶんたん》もだいたい決定していますので、なにかあったときいつでも迎え撃てるように、準備だけは怠《おこた》ることなく、待機してください」

士官たちはなにか物言いたげな空気を残しつつも、寝室を出て行く。竜体で泣いていたアゼルは、敷布から顔を出した。

「アゼル」

ルースが優しい顔で覗きこんでくる。

「将軍を探してくる。大丈夫、あの方はアゼルを嫌ってなどいない。すご―く心配した反動で感情が爆発しただけだと思う。だからアゼルは、傷を治すことだけに集中して、ここで休んでいなさい」

アゼルはこくんと頷いた。

「今度こそ、勝手に部屋から出ないように。執務室の外に警備兵を置いていく。将軍以外は入れないようにしておくから」

もう一度、こくんと頷く。

ルースはアゼルの頭を撫でてから、寝室を出ていった。

◇

監視塔の上で、ランドールは夜風に吹かれていた。目の前に広がる黒い森の奥に、かすかに篝火が見える。ランドールの横では、四人の兵が東西南北を監視していた。

「将軍」

監視塔の下からルースの声がした。探しに来たのだろう。できれば無視したいが、そんなことをしたら将軍と側近が仲違《なかたが》いをしていると、兵たちのあいだで噂《うわさ》になってしまう。

仕方なく、ランドールは監視塔を下りた。

想像通り、呆れた顔をしているルースにムッとする。ランドールは「なんだ」とつっかかった。

「軍議は、一旦解散としました」

「……そうか」

「みなさん、かなり驚いていましたよ」

「……だろうな」

「アゼルが竜人族だったからではなく、将軍が取り乱したことに対して、ですよ」

うっ、と言葉を詰まらせる。ずいぶんな失態を晒《さら》してしまった自覚はあったが、はっきり言われると胸にぐさりと刺さった。

「まあでも、とりあえず、アゼルがコーツ王国の手の者ではなかったとわかって、良かったじゃないですか。いくら将軍を騙すためとはいえ、貴重な竜にわざとケガを負わせるようなことはしないでしょう」

それはランドールも思っていたことだ。こちらが勝手に抱いていたアゼルへの疑惑は晴れた。

「今後、将軍には、全力でアゼルを籠絡しにかかってもらいたいですね」

「おい、籠絡という言い方はないだろう」

「あなたの方が籠絡されかかっているんですから、やり返すんですよ。血の絆というものが、いったいどういうものなのかわからない以上、感情で縛《しば》るしかありません」

「それはそうだが……」

「幸いなことに、アゼルは将軍に懐いています。デロデロに甘やかして、いい子いい子してあげてください。得意でしょう、そういうの」

「得意言うなっ」

「ホントのことです」

ルースはしれっとした顔でそう言い、「私はすこし休ませてもらいます」と背中を向けた。

「さすがに王都からここまでの強行軍は疲れました」

「ああ、ご苦労だったな」

「将軍も休まれたらどうです。でも将軍の寝台にはアゼルがいます。泣きながら丸くなっていましたから、きちんと慰めて抱っこしてあげてくださいよ」

泣きながら寝台にいると聞かされ、ランドールはいてもたってもいられなくなった。

ルースと別れたとたんに小走りで城塞内の廊下を進み、執務室にたどり着く。扉の前には警備兵が二人も立っていた。アゼルを守るために、ルースが手配したのだろう。

敬礼する二人に目礼してから、中に入る。一番奥の寝室まで行くと、ルースが言った通り、アゼルは寝台で丸くなっていた。

竜体になっているアゼルは、寝台の敷布と解けた包帯に埋もれるようにして、しくしくと泣いている。小竜が涙で顔を濡《ぬ》らしている様子に、ランドールは胸が痛んだ。

「アゼル……」

刺激しないようにそうっと近づき、精一杯の柔らかい声で呼びかける。頭を上げたアゼルは水色の瞳を潤ませ、悲しそうなまなざしで「クルル…」と鳴いた。

「アゼル、さっきはすまない。私のために偵察に行ってくれたのに怒ってしまった。おまえが傷を負って戻ってきたので、頭に血が上った。申し訳ない」

寝台に腰かけ、アゼルを優しく抱きあげる。抵抗されなかったので、膝の上に乗せ、滑らかな背中を撫でた。

矢傷はすでに塞がりかけており、あらためて治癒力の高さに驚かされた。この分だと、明日には新しい鱗が生えてくるだろう。

とはいえ、ここはしっかりと釘《くぎ》を刺しておかなければなるまい。

「アゼル、ひとつ言わせてくれ。私の役に立ちたいと思ってくれるのはありがたいが、おまえはまだ大人になっていないのだろう？　いくら空を飛べるからといって、敵の陣地に行かせるような、危険なことはさせられない。それに、軍事について知識のないアゼルが、偵察に行ったからといってなにを探れる？　戦はそんなに甘いものじゃない。わかるか？」

ゆっくりと、言い聞かせるように喋った。

アゼルはランドールを見上げて頷いた。

「私の役に立ちたいなら、まず大人になれ。そして血の絆を結ぶ。どんな方法で結べるのか、まだわからないが……王都にいる私の友人がきっと調べてくれるだろう」

クルル、と鳴いたあと、アゼルがいきなり人間の姿に変化した。全裸でランドールの膝に乗る格好になる。

「ごめんなさい。勝手なことをして」

あらためて謝りたかったようだ。半泣きでランドールに縋りついてくる。美しい水色の瞳が涙でキラキラと輝いていた。吸いこまれそうな透明感に、ランドールはつい細い腰を抱きよせてしまう。アゼルの瞳に見惚《みと》れた。

頭の片隅で、『全力で籠絡しにかかれ』というルースの声が響いたが、自分の方がもう完璧《かんぺき》に籠絡されている。

「ランディ、もう二度と自分勝手な行動はしません。だから、ぼくをそばに置いてください。

頑張って大人になります」

「アゼル……」

そんなふうに可憐《かれん》に訴えられたら、どんな朴念仁《ぼくねんじん》でも腰に回した腕に力が入ってしまうというものだ。

衝動に抗《あらが》いきれず、ランドールはアゼルの白い頬にくちづけた。かすかにチュッと音がして、アゼルは目を丸くする。

「……なに……？」

「頬にくちづけた」

「……どうして？」

まさか追及《ついきゅう》されるとは思わず、ランドールは照れくささに汗をかく。

「アゼルが可愛いからだ」

「ぼく、可愛い？」

「とても」

アゼルはふふっと照れくさそうに笑った。拒絶されなかったことに内心で歓喜しながら、ランドールはもう片方の頬にもチュッとくちづける。

「可愛いだけではない。おまえはきれいだ。この世にふたつとない、至宝だ。だれよりも美しい」

「そんなこと言ってくれるのは、ランディだけです。ぼく、村の厄介者《やっかいもの》で、王である父も兄も姉も、だれも僕を褒めてくれませんでしたし、こんなふうに抱きしめてもくれませんでした」

アゼルが細い腕をランドールの首に回してきた。いっそう体を寄せ合う恰好になり、ランドールは落ち着きを失っていく。

寝台の上で、可愛いアゼルは全裸。普通ならこのまま一気に行きつくところまで行ってもいいよの合図だが、おそらくアゼルにそんなつもりはない。

（いや、そもそも、この子は人間の性行為がどういうものなのか、知っているのか？）

非常に美味しい体勢になってはいるが、調子に乗ってアレコレしてしまったら、アゼルが恐ろしく傷ついてしまいそうだ――というところまで頭の中で葛藤《かっとう》してから、思い出した。

アゼルはケガ人だ。

ランドールがアレコレしてせっかく治りかけている傷が開いたらどうする。自制心を最大限に働かせて、落ち着けと自分自身に言い聞かせた。

「ぼく、ランディのそばにいたい……」

「そうだな。私もおまえにはそばにいてもらいたい。だが、アゼル、おまえには家族がいるのだろう？　村に帰らなくてもいいのか？」

「村……」

アゼルがしばし遠い目になる。

「どうせ、村には、ぼくの居場所なんてありません」

ぼそりとアゼルが呟いた。そこで、「ん？」と気づく。さっきアゼルは『村の厄介者で、王である父も兄も姉も――』と言っていなかったか？

「アゼル、おまえ、王の息子なのか」

「はい。父は竜人族の王です」

ランドールは絶句して、しばし言葉を失った。

竜人族の村がどれほどの規模なのかはわからないが、たとえ少数だとしても、ひとつの種族の集団を統《す》べる王の息子なのだ。それなりの敬意を払わなければならない、というのがランドールの中の常識で、そうした教育を受けてきた。

「まさか長子……？」

「いえ、ぼくは父の二十五番目の末の息子になります」

「それは、かなりの子宝に恵まれた王だな」

「もともと竜人族は多産ではありません。生涯で、多くても一人か二人の子を持つていどです。母が頑張って産んだんです」

その母はアゼルの帰りを待ってはいないのだろうか。

「王は世襲制か？」

「そうです。父の次は、長兄が王になると思います」

秘境での生活をまとめる役目を担《にな》う王だ。さぞかし大変なことが多いだろう——と、そう考えたのを察してか、アゼルが説明してくれた。

「王といっても、竜人族のすべての責任が伸《の》し掛《か》かっているわけではありません。竜人族は、集団での生活は得意ではないので、村とは言っても広い範囲にそれぞれの住処が点在しているといった感じです。むやみに人間と接触しない、ケンカをしない、といった基本的な取り決めがあって、それを破ったものが出たときとか、なにか問題が起こったときだけ、王が裁定します。でもそんなことはめったにありません。大切な取り決めを変更するときなど、王が独断で決定することはありません。必要に応じて集まり、みんなで話し合います。そのときはかならず人間の姿になります」

「竜の姿では意思の疎通《そつう》が難しいのか」

「ある程度は鳴き声で伝わるのですが、細かなことは、やっぱり言葉でないと」

「なるほど」

なんとなく竜人族の生態がわかってきた。

「それで、なぜアゼルは厄介者と呼ばれているのだ?」

「それは……」

アゼルがしょんぼりと項垂《うなだ》れる。ランドールは細い背中を撫でながら、「なぜだ?」と再度訊ねる。無理やり聞き出したくはないが、アゼルの事情は知っておいた方が良い。

「……ぼくの母は、父のために、竜人族のために、たくさん卵を産みました。村の大人たちが言うには、この百年くらい、子供が減っているそうなんです。だから母は頑張って産み続けて、ぼくを産んだあと、とうとう力尽きて死んでしまいました。父と兄と姉、村の者たちもみんなが嘆《なげ》き悲しんで、生まれたばかりのぼくは放置されていたそうです。だれにも温めてもらえず、存在すら忘れられて、ぼくは十年間も孵りませんでした……」

「そうだったのか」

アゼルの母は王妃ということになる。みんなに国母と慕われていたのかもしれない。その王妃が亡くなり、アゼルは諸悪の根源とされてしまったのだろう。まったくアゼルには責任のないことなのに。

だが、だれかを悪者にしなければ落ち着きを取り戻せない集団心理が生まれる背景はわかる。王は竜人族をまとめるために、言葉は悪いが、アゼルを生贄《いけにえ》に差し出したのだ。

「村で酷《ひど》い扱《あつか》いをされていたのか？」

どうせ村に居場所はない、とアゼルは言った。虐待《ぎゃくたい》されていたのなら、なんとしてでも、いたいけなこの子を守ってあげたいと思う。

「酷い？　それってどんな……？」

「暴力を受けていたとか、食事を与えられていなかったとか」

「それはないです。一度も暴力を振るわれたことはありませんし、自分で果実を取りに行けるようになるまでは、姉がぼくに食事を与えてくれました」

「姉君は優しくしてくれたのか」

アゼルは視線を泳がせて逡巡したあと、「はい」と小声で答えた。嘘をつくのが下手だ。姉はあまり優しくしてくれなかったようだ。

「本当のことを話してくれ。具体的にどんな扱いだった？」

「……姉は、あまり会話をしてくれませんでした。おなじ年頃の友達もいませんでした。ぼくはいつも一人で……」

「寂しかったな」

ぎゅっと抱きしめると、アゼルがぐすっと洟をすすった。

なんの罪もない子供を、意図的に孤独な環境に置くことは、じゅうぶん虐待にあたる。ランドールはアゼルの家族に対して怒りを覚えた。

「……ぼくが果実しか食べないのは、竜人族がそういった習性なのでなく、だれもぼくに狩りの仕方を教えてくれなかったからです……。みんなは、果実だけでなくて、山にいる小動物を獲って食べます。栗鼠《りす》とか、兎《うさぎ》とか、鼠《ねずみ》とか。見よう見真似でぼくも挑戦したことがあるんですけど、ぼくの竜体の色は目立つのでなかなか上手に出来なくて……。だから、たぶん、二十歳になってもこんなに体が小さいのかな、と思っています」

やはりこの体型は竜人族特有のものではなく、発育不良からきているのか、とランドールは納得した。

「おまえの鱗の色は特殊なのか？」

「あんな明るい色をしているのは、ぼくだけです。みんなはもっと暗い色で、山の中に溶けこむことができるんです。ぼくだけが、どうしてこんな色なのか、原因はわかりません。だから余計に、ぼくは嫌われ者で……」

「あれほど美しい色はないと思うが」

「そんなふうに言ってくれたのは、ランディがはじめてです」

顔を上げて、えへ、と照れたように笑ってくれた。胸にトスッとなにかが刺さり、股間にグッと力が滾《たぎ》る。思わず顔を顰《しか》めてしまう。

「ランディ？　どうかしました？」

「いや、大丈夫だ。なんでもない」

「でも、苦しそうです」

「気にしなくていい」

「あれ？　ぼくのお尻《しり》の下に、なにか固いものが……？」

「だから、気にしなくていい」

ランドールはアゼルを膝の上から下ろした。

深呼吸して身の内で暴れまわる衝動を受け流そうと試みるも、なかなか鎮《しず》まらない熱に困惑する。体は正直だ。これほどまでにアゼルを求めているのだと、もう手放せない存在なのだと、教えてくれている。

他国や悪意ある集団に捕らえられて悪用されないためではない。ランドールが、心からアゼルを欲しているのだ。

アゼルの事情を聞き、ますます愛《いと》しさが募《つの》っている。冷遇《れいぐう》されている村になど戻してたまるか。籠絡するまえに、籠絡された。なにも意図していない、自然体のアゼルに。

「ランディ、本当に大丈夫？」

アゼルの心配そうな視線に、ランドールは苦笑して返す。

「大人の体には大人の事情があるだけだ」

「大人の体……？」

首を傾げたアゼルだが、なにかを思いついたようで、ハッと目を見開いた。そしてカッと頬を赤くする。

「え、えっ？　さっきの、固いのって……？」

「言うな」

「あ、はい……」

俯《うつむ》いたアゼルのうなじが赤く染まっている。もじもじしながら敷布を手繰《たぐ》り寄せて体を覆った。危機感を持つのは良いことだ。どうやら人間の性行為がどういったものなのか、多少の知識はあるらしい。

ふと、アゼルの知識はいったいだれから得たものだろうか、と疑問に思った。基本的な礼儀は心得ているし、言葉遣いも丁寧だ。文字の読み書きも難無く出来るようだし、人間に会ったのはランドールがはじめてだと言ったわりには、人間世界の常識にあまり戸惑いは見せない。だれかが教育したはずだ。

「アゼル、村ではだれも味方がいなかったのか」

「村の占い婆が唯一、ぼくを可愛がってくれました」

「占い婆？　巫女《みこ》のような存在か？」

「巫女？　巫女がどういったものか知りませんけど、占い婆は竜人族の中で一番長生きをしていて、とても物知りなんです。だからみんなが頼りにしていて、悩みがあったり、わからないことがあったりすると、相談に行きます。占い婆は、自分が知っていることは話してくれて、知らないことは調べたり、星を読んで占ったりしてくれます。人間のこともよく知っていて、ぼくは占い婆の住処で人間の書物をたくさん読ませてもらいました」

「なるほど、占い婆か」

王はいるが、それとは別に長老的な役割をする年長者がいるらしい。

そうした人物がアゼルの味方についていたなら、あからさまな暴力や差別はなかっただろう。ただ、子供にとって家族に冷たく扱われるのは辛いものだ。よく耐えたなと、アゼルの芯《しん》の強さに感心する。

「その占い婆に、父が僕のことを相談したんです。いつまでたっても成体にならないのはどうしてかと」

「竜人族は何歳頃に大人になるんだ？　寿命は人間よりも長いのだろう？」

「寿命は長いです。竜人族は二百歳くらいまで生きます。占い婆はその倍の、四百年くらい生きているみたいですけど」

「四百年！　それはすごいな」

そのくらい生きていたら、人間が竜を使役していた時代を知っているかもしれない。なんとかして占い婆に会い、血の絆を結ぶ方法を教えてもらえないだろうか、と思う。

「それだけ長生きなら、人間に比べて成長は遅いのではないか？」

「いえ、そんなことはありません。竜人族は十五歳から十六歳くらいで、もう大人になります。体が大きくなって、鱗は頑丈になって、背中に人間を乗せられるくらいになるんです。そして、発情期が来るようになるので、村の中のだれかと結婚します」

「発情期？」

つい聞き返してしまったら、アゼルが顔を赤くして視線を逸らした。さっきのランドールの下半身を思い出したのだろう。

一時は危うい段階にまで熱を集めていたランドールの股間だが、会話をしているうちに鎮まった。

「竜人族には発情期があるのか？」

「半年に一度くらいの間隔であるみたいです」

「……アゼルは？　まだ成体になっていないから、発情期はまだか？」

意地悪な質問だったかもしれない。だがランドールはどうしても知っておきたかった。

「……あります。一年前に来ましたけど、まだ不定期です」

「結婚話はなかったのか」

容赦《ようしゃ》なく質問するランドールを、アゼルがちょっと睨んできた。

「体が大きくなっていないのに発情期だけが来てしまって……ぼくみたいな半端《はんぱ》で疎《うと》まれているオスと結婚してくれるメスなんていません。だから父が困って、占い婆に相談したんです。そうしたら、村を出て、人間に会えって託宣《たくせん》を……」

「そうして私に出会ったというわけか」

こくり、とアゼルが頷く。

縁とは不思議なものだ。それとも、占い婆には、この未来が見えていたのだろうか。

「まだ結婚していなくて良かったです……。ランディに会えたし」

敷布をもじもじと指先で弄《いじ》りながら、アゼルが呟いた。

「村と一族に、まったく未練がないとは言えません。父や兄たちは優しくなかったけれど肉親であるのは確かだし、占い婆はぼくを可愛がってくれました。でも、あそこにぼくの未来はありません」

アゼルの小さな手が、ぎゅっと敷布を握りしめる。澄んだ水色の瞳が、まっすぐにランドールを見つめた。

「ランディに会うきっかけをくれた占い婆には感謝しています。ぼくの未来は、きっと、あなたの横にある」

「アゼル」

「あなたのそばにいたいから、頑張って大人になります」

「ああ、もう……！」

こんなに健気《けなげ》なことを言われて、我慢などできない。鎮めたはずの衝動があっけなく復活してしまい、ランドールはアゼルを抱き寄せた。

熟した果実のような色をした瑞々《みずみず》しい唇に、おのれの唇を重ねる。アゼルが驚いて固まっているのをいいことに、やや強引に舌で歯列を割り、口腔《こうこう》に侵入した。戸惑って震えている薄い舌を探しあて、絡めとり、甘噛みする。

「あ、んっ」

びくん、とアゼルの腰が跳ねた。逃げようとした動きに気づき、片手で摑めてしまう小さなアゼルの頭を、ぐっと自分に引き寄せた。

執拗《しつよう》に口腔を舌で嬲《なぶ》る。上顎《うわあご》をくすぐり、歯茎《はぐき》をなぞった。やがてアゼルの全身から力が抜け、背骨が溶けてなくなったかのようにくったりとした。

ゆっくりと唇を離す。白い頬が赤く上気し、水色の瞳が妖艶《ようえん》に潤んでいる。ぼんやりとランドールを見つめてくるアゼルは、もう子供の表情ではなかった。一度だけ発情期が来たと言っていたが、たしかに中身は大人になりかかっているのだろう。

「すまない、いきなり。嫌だったか?」

アゼルはゆるゆると首を横に振り、ランドールにしなだれかかってきた。

「もっと、しても良いです……」

耳が真っ赤になっている。

(ああもう、なぜこんなに愛らしいのか!)

できれば、いまここで抱いてしまいたい。

血の絆がまだどういったものかわからないが、アゼルのはじめての男になり、身も心も縛ってしまえば良いのだ。

(だが、アゼルはケガ人だ)

常識がランドールに真摯《しんし》であれ、と自制を求めている。

身の内で暴れまわる衝動に切ないため息をつき、ランドールはしばしアゼルの抱き心地だけを楽しんだ。

これが、くちづけ——。

アゼルはランドールの胸に熱い頬を寄せ、うっとりと目を閉じた。突然のことでびっくりしたが、まったく嫌ではなかった。

唇を重ねるだけなのに、なぜあんなに心地良いのだろうか。さらに口の中を舌でかき回されて、全身が蕩《とろ》けそうになった。

アゼルはオスだけれど、人間たちは同性同士でも愛を語ることがあるという。ランドールがアゼルにそういう関係を求めているのは、もうわかった。さっきもいまも、ランドールの股間のものが固くなっている。

（これを、どうするのかな）

人間の男同士がどんなふうに性交するのかわからないが、ランドールがしたいことなら、なんでもしてくれて構わなかった。それでランドールが喜んでくれるなら、アゼルも嬉しい。

「あの……」

やり方を教えてほしい、と言い出そうとしたときだった。

執務室の扉がドンドンと激しく叩かれたのが聞こえた。ランドールはアゼルを離すと素早く立ち上がり、寝室を出て行ってしまう。

「将軍！」

ルースの声だった。足音は複数聞こえる。「どうした？」と訊ねるランドールに、「夜襲《やしゅう》です」と固い口調で答えたのはカークランド。

（夜襲？　敵が攻めてきたってこと？）

青くなったアゼルは寝台を飛び降り、慌てて執務室まで駆けていった。

「ランディ！」

ランドールを見つけて縋りつく。身長差がありすぎて、顔を見るためにはほとんど真上を向かなければならなかった。

「敵が攻めてきたんですか？　ランディも戦うんですか？」

ひょいと抱き上げられて、アゼルは寝室に戻された。

「こんな格好で人前に出るものではない」

動揺していたせいで自分が全裸だったことを忘れていた。敷布を体に巻きつけられ、頭を撫でられる。

「どうやら戦がはじまってしまったようだ。われわれとしては不本意だが、迎え撃たなければならない。おまえはここでじっとしていろ。この砦はそう簡単には落ちないだろうから、ここは安全だ」

「ランディは大丈夫なんですか？」

「私は将軍だ」

ニッと自信に溢れた頼もしい笑みを向けてくれたが、大丈夫だとは言ってくれなかった。

「アゼルは傷を治すことだけに専念しなさい」

「……はい……」

出て行くランドールの背中を見送り、アゼルはため息をついた。体がきちんと大人になっていたら、ランドールとともに戦えたかもしれないと思うと、焦燥感《しょうそうかん》に苛《さいな》まれる。

どうすれば大人になれるのか。

頑丈な鱗を手に入れることができれば、矢を射かけられても怖くない。大きな翼があれば、強風を起こして敵の兵を吹き飛ばすこともできるだろう。そしてランドールを背中に乗せて飛ぶことも——。

ワアッ、と外から大勢の人の声が聞こえた。

アゼルは窓を開けて、格子越しに外を見てみる。空を覆っていた厚い雲がいくらか消え、月が現れていた。満月ほどではないが、半月が白い光を地上に注いでいる。

濠に、巨大な梯子《はしご》がかけられていた。

その上に板を渡し、兵が通れるようにしている。盾《たて》を手に、敵兵がそこを駆け抜けようとするのを、城壁の上からこちらの兵が矢で狙い撃ちにしていた。何人もの敵兵が叫びながら次々と濠に落ち、水に浮く。

（死んだ？　あの人たち、死んじゃったの？）

はじめて目《ま》の当たりにする戦争のむごたらしさにアゼルは言葉もない。人の命の、なんと軽いことか。

運良く濠を渡れた敵兵がいても、今度は垂直《すいちょく》の石の壁が立ちはだかり、それを越えることはさらに困難だ。すぐに濠は敵兵の死体でいっぱいになるだろう。

コーツ王国軍はなぜこんな攻め方をしているのか。無理で無謀《むぼう》な攻略を仕掛けているようにしか見えない。戦術などわからないアゼルだが、これはおかしいと考えた。

攻められているのは正面だけではないのかもしれない、と思いついたアゼルは、ランドールのことが心配でならなくなった。

占い婆の家にあった古い書物でしか人間社会のことは知らないが、将軍というのは軍の中でも偉い人で、指揮をとる役目があるはず。めったに戦場には出ないものらしいが、果たしてランドールは安全な場所で指示だけ出しているだろうか。

嫌な予感がする。アゼルは窓の格子を両手で掴み、もっと外を見ようとしたが無理だった。言いつけを破ってしまうことになるが、アゼルは竜体になることにした。

（ほんの少し、ランドールの様子を見るだけだから……）

心の中で言い訳をしながら、するりと竜体に変化する。そして窓の格子の間から外に出た。

何度か羽ばたいてみて、翼と背中の傷がたいして痛まないことを確認する。砦全体を見渡せるところまで空を上がり、見下ろした。

（やっぱり……！）

東の方向からも攻められていた。森を抜けてきたのだろう。だが鬱蒼《うっそう》と茂る森を大人数で通過することは難しい。こちらの敵兵は少数だった。だが応戦しなければ砦内への侵入を許してしまう。敵味方が入り乱れて、城壁の上で乱戦になっている。その中にカークランドの姿を見つけ、アゼルはランドールを探した。

カークランドはこの砦の責任者だったはず。そんな人まで戦っているのならば、ランドールも外に出ているかもしれない。

（どこ？　ランディ、どこ？）

見つからないならいい。砦の中にいるということになるから。

（あっ……！）

砦の西側の壁を、敵兵がよじ登ってきているのを見つけた。南側と東側に人手を取られているからか、西側はあきらかに手薄だった。このままでは砦の内部に入りこまれてしまう。

どうしよう、だれかに知らせた方が良いのでは、と逡巡しているうちに数人の敵兵が城壁の上に到達してしまった。そこに、颯爽《さっそう》と剣を手に騎士が現れた。漆黒の甲冑を身にまとっている。兜《かぶと》をかぶっていても、その体型から、だれなのかわかった。

（ランディ！）

先頭に立ってランドールが剣を振るう。素人のアゼルの目でもわかるほど、ランドールの動きには無駄がなく、一撃で敵兵を打ち倒した。

（すごい……）

まるで舞を見ているようだった。華麗だが力強く、息を乱すこともない。ランドールはきっと背中に目がついている。素晴らしい反応をし、あっという間に西側は沈静化していった。味方の兵が駆けつけたときには、もう満足に動ける敵兵はいなくなっていた。

漆黒の甲冑が月光を反射し、神々《こうごう》しいほどに輝いて見える。

（ランディ、すごい、ランディ！）

ランドールの強さを知り、アゼルは高揚《こうよう》する気持ちを抑えられない。近くまで舞い降りて、「クルル…」と鳴いた。

すぐに気づいてくれたランドールは、驚いた顔をしたあと、眉間に皺を寄せた。

「なぜここにいる？　私は部屋でおとなしくしていろと言ったはずだ。ここは危険だから、部屋に戻りなさい」

そう言えばそうだった。ごめんなさい、と反省の意味で「クルル」と鳴き、飛び立とうとしたときだった。

「竜だ！　あそこに竜がいるぞ！」

アゼルを指さして叫んだのは敵兵だった。

「やっぱり竜はここにいた！」

無謀ともいえる夜襲は、アゼルがきっかけだったのか――。

「捕まえろ！　死体を持ち帰っても手柄になるぞ！」

なんとか城壁を上ってきた敵兵たちが、アゼルに矢を向けた。飛んできた矢を、ランドールが剣で払い落す。

「やめろ！　竜を殺したら天罰《てんばつ》が下るぞ！」

とっさにランドールが大声で叫んでくれた。

あたりに響き渡る恐ろしい内容に、敵兵たちが怯む。だが天罰など恐れない者もいる。弓に矢をつがえた敵兵に気づき、アゼルは慌てて飛び立つ。だが一瞬、遅かった。

「アゼル！」

翼の被膜に矢が当たった。今度も貫通していたが、均衡《きんこう》を保てずにふらふらと城壁に落ちてしまう。

「アゼル！」

駆け寄ってきたランドールが、さらに射かけられる矢を剣で薙《な》ぎ払《はら》った。だが一本の矢が、ランドールの左肩に刺さったのが見えた。ほんのわずかにランドールが顔を歪《ゆが》める。

（ランディ！）

矢は、甲冑の繋ぎ目に刺さっていた。とてつもなく運が悪かった。ランドールは自分の左肩から突き出ている矢を右手でむんずと摑み、一気に引き抜く。溢れてくる鮮血に、アゼルは愕然とした。

(ランディ……血が……こんなにたくさん……………ぼくのせい？　ぼくが、勝手に敵の陣地まで飛んで姿を見られてしまったから？　部屋から出てしまったから？　ランディ！)

アゼルは衝動的にランドールの左肩に飛びついた。流れ出す血をどうにかしたくて、舌を伸ばす。人間の血は、不思議な味がした。

竜人族は、仲間がケガをしたら舐《な》めあって傷を治す。唾液《だえき》に治癒力があると聞いた。アゼルは一族のだれかと、傷を舐めあったことがないので、どれほどの効果があるのか知らないけれど。

(ランディ、死なないで、ごめんなさい、ランディ……)

必死になって血を啜《すす》り、傷を舐めた。

「アゼル、大丈夫だ、このくらいは掠《かす》り傷のうちにも入らない。矢じりに毒は塗られていなかったようだし」

ランドールの宥《なだ》める声も耳に入らない。

だが、敵兵の「竜だ！」という雄叫《おたけ》びのような声がまた聞こえた。何人もの敵兵がこちらに向かってこようとしている。ギラギラとした欲望の目で。

アゼルを守ろうと、立ちはだかってくれるランドール。その凛々《りり》しい横顔を見つめ、アゼルは「この人を守りたい」と心から思った。

大人になりたい。脅威《きょうい》に立ち向かいたい。ランドールをこれ以上傷つけさせるわけにはいかない。強くなりたい。戦えるだけの力が欲しい。命にかえても守りたい！　大人になりたい！

カッと燃えるように体が熱くなった。口にしたランドールの血が、おのれの全身に巡《めぐ》っていくのがわかる。まるで、細胞《さいぼう》のひとつひとつに染みていくかのように――。

「アゼル？　どうした？　体が……青白く発光しているぞ」

驚愕《きょうがく》の表情でランドールが振り返る。

(ああ、本当だ。光っている……)

青白い光が眩しいくらいに自分から発せられていて、アゼルはぶるりと身震いした。また、ぶるり。ぱらぱらとなにかが剝がれ落ちていく感覚がして、爽快感《そうかいかん》に包まれる。

ぐんと伸びをしながら首をのけ反らせ、翼を広げてみる。さっき矢で破られた被膜が、もう塞がっていた。

ぐるりと周囲を見回すと、敵も味方も唖然とした顔でアゼルを注視している。駆け寄ろうとしていたらしいルースも、途中で足をとめてこちらを仰ぎ見ていた。

仰ぎ見ている？

そうだ、なぜだか、視線が高い。自分はいま飛んでいないはずなのに、なぜこんなに高みから人々を見下ろすことができるのか。

ランドールも縮んでしまい、アゼルの足元に立ち尽くしている。

「アゼル……、おまえ、大人になったのか？」

言われてはじめて、自分の体がとても大きくなっていることに気づいた。だからみんなを見下ろしているのだ。ランドールが縮んだわけではない。

翼を二度、三度とはためかせてみた。

「うわぁ！」

突風が起こり、兵たちが城壁の上を転がる。ランドールとルースは踏ん張って、かろうじて立っていた。

（ランディ、ぼく、大人になったみたい！）

いったいなにがきっかけだったのだろうか。

よくわからないが、いまここで大人になれたことにはきっと意味がある。

「そうだな、きっと意味がある」

頭の中で考えたことに、ランディが応えた。

（えっ？　なに？　どうして？）

「どうしてだろうな」

（もしかして、竜体のときのぼくの声が、聞こえているの？）

「聞こえている。どうやら私とおまえは『血の絆』で結ばれたようだ」

(どうして？　まさか、ぼくがランディの血を舐めたから？　ランディを守るために大人になりたいと願ったから？)

「そうかもしれない」

ランドールが微笑んだ。こんな奇跡があるのかと、アゼルも嬉しくて笑いたかったが、竜体では笑顔をつくるのは難しい。

カツンと背中になにかがぶつかった音がした。矢がころころと背中を転がり、下に落ちていく。果敢《かかん》にも、だれかがアゼルに矢を射たのだ。大人になった竜の鱗は、人間が作った矢尻では歯が立たないほど固くて丈夫だ。そんなことも知らないのかと、アゼルは背後にいた敵兵に向かって大きく口を開けた。

「ウオォォォォ！」

腹の底から吠《ほ》えてみた。自分でもびっくりするくらいの声が出て、爽快な気分になる。

「ひぃぃっ！」

城壁がかすかに震えるほどの声に、悲鳴を上げながら敵兵が逃げていった。

(ランディ、ぼくの背中に乗ってください)

頭を下げ、できるだけ背中を低くすると、ランドールがよじ登ってきた。

(飛びます)

バサッと翼を動かし、一気に上昇する。砦を下に見て、アゼルはゆったりと上空を二周、三周とした。敵も味方も、まるで時が制止してしまったかのように、全員が動きを止めて見上げている。

矢をつがえている兵、剣を交えている兵、みんな口を開けてアゼルを見た。

「アゼル、吠えろ」

ランドールの命令に、アゼルはすうっと息を吸い、また思い切り「ツオォォ！」と声を出した。敵も味方も慌てて散り散りに逃げていく。

だが味方の兵は、アゼルの背中にランドールが乗っていることに気づき、戻ってきた。

「アゼル、この際だ、コーツ王国軍の陣まで飛んでくれ」

（わかりました）

森の中、わずかな平地に並ぶ天幕までひとっ飛びする。子どもの体だったときとは比べようもないくらい早く、陣に到着した。

兵のほとんどが砦に向かっていたせいか、天幕の周辺に兵はまばらだった。アゼルが減速するために何度か羽ばたいただけで、いくつかの天幕が飛んでいく。

逃げ惑《まど》う兵たちを叱りつけている壮年《そうねん》の男を見つけた。態度がとても居丈高《いたけだか》なので、きっと偉い人だ。

「アゼル、私を下ろしてくれ。あの男に話がある。私の記憶に間違いがなければ、コーツ王国のドリゴ大将だ」

(ぼくから降りても、危険はないですか？　大丈夫？)

「おまえがそばにいてくれれば、恐ろしくて兵はだれも近づいてこないさ。それに、私を守ってくれるのだろう？」

首の後ろを優しく撫でられて、アゼルはちいさく頷いた。

さらに二つばかり天幕を飛ばしつつ、地面に降り立つ。驚愕に目を見開いて硬直しているドリゴの前に、ランドールがひらりと下りた。

「私はサルゼード王国将軍ランドール・オーウェルだ。停戦協定を結びたい」

握手を求めて右手を差し出したランドールの前で、腰が抜けたのか、ドリゴはへなへなと座りこんでしまった。

◇

「これでひとまず、終わりましたね」

執務室で事後処理についての話し合いがおわり、カークランドがひとつ息をついた。

夜襲があった日から三日が過ぎている。

アゼルのおかげで早期に決着がつき、サルゼード王国に有利な条件で停戦協定を締結《ていけつ》することができた。

コーツ王国はアゼルの偉容《いよう》にかなり肝《きも》を冷やしたようで、数回の使者のやり取りだけで、すんなりと文書に署名してくれた。いまなら半恒久的な休戦協定を持ち出しても、話し合いのテーブルについてくれるかもしれない。

「最小限の犠牲《ぎせい》で済んで良かったです」

たったいま、ランドールはカークランドからこちらの被害の報告を受けていたところだった。戦死者と、破壊された砦の修理箇所《かしょ》等は、当初の想定値よりもかなり少ない。戦がたった一晩で終わったことが要因だ。

「アゼルは勲章《くんしょう》ものの働きをしました。王都に連れて帰られるのでしょう？」

「私はそのつもりだ」

「竜を従えた将軍のことは、すでに国中で評判になっているようです。ますます名声が高まり、目出度《めでた》いことですな」

「いったいだれが言いふらしているのだ」

「砦に出入りする商人たちでしょう。彼らに、兵が自慢げに語るようです。いいではないですか。悪いことではありません。アゼルの存在が近隣に知れ渡れば、我が国に、うかつに手を出そうとする輩《やから》は現れますまい」

「そうかな。コーツ王国のように、アゼルを手に入れたいがために攻め入ってくる愚《おろ》かな輩が出てくるかもしれん」

「そのときはそのときです。将軍とアゼルの強い絆を見せつければ、諦《あきら》めて退却《たいきゃく》していきます」

そうであってくれればいいが、とランドールが苦笑いすると、忙しいカークランドは「失礼します」と辞していった。

「さて、ご機嫌伺《うかが》いをするか」

この三日間、アゼルを奥の寝室に閉じこめている。もう窓の鉄格子のあいだから外に出ることはできなくなったので、そんなことが可能なのだが、世話を頼んでいるルースによると、ずいぶんと機嫌が悪いらしい。早くランディに会わせろ、としつこく迫っていると聞いた。

隣の部屋に行くと、ルースが暇そうにカウチで本を読んでいた。ランドールをちらりと見上げて立ち上がる。

「終わりました？」

「終わった。面倒をかけたな」

「ええ、面倒でした。まったくもう、あの子の見張りをするのは別にいいんですけど、自分までここから出られないのは苦痛でしたよ。気晴らしに酒すら飲めないし」

「王都に戻ったら、まとまった休みを許可する。今回の働きに応じた臨時報酬《ほうしゅう》も弾もう」

「約束ですよ」

ルースは服の隠しから扉の鍵を取り出し、ランドールに渡してきた。そしてやれやれ、と両腕を突き上げて伸びをしながら部屋から出て行く。

ランドールの命令で、ルースは三日間、ここにいた。食事も睡眠《すいみん》もここで取らせ、厠《かわや》で用を足すとき以外はアゼルを守ってくれた。信頼のおけるルースにしか、いまのアゼルを託《たく》せなかったのだ。

ランドールは深呼吸してから、一番奥の寝室の扉を叩いた。

「アゼル、私だ、ランドール・オーウェルだ」

声をかけてから、急遽《きゅうきょ》取り付けた外側の錠《じょう》を外し、扉を開ける。寝台の上に、アゼルはいた。

三日ぶりに見るアゼルは、やはり、輝くように美しかった。不機嫌そうに唇を尖《とが》らせてこちらを睨んでいる美青年を、ランドールは陶然と見つめる。

幼さが残っていた丸い顔はすっきりと卵型になり、切れ長の目と通った鼻筋、薄い唇はほんのりと赤い。灰青色の長い髪は緩《ゆる》く癖がついていて、背中の中ほどで結ばれていた。軍の支給品である簡素な白い綿シャツを着ているが、まるで絹の最高級品のように見えるのは神々しいまでの美貌《びぼう》のなせるわざだろう。

アゼルは大人になった。

戦の最中に成体となり、ランドールを背中に乗せて飛ぶことができるようになった。翼が起こす風は強烈で、精一杯踏ん張っていないと飛ばされるくらいだった。そして、竜体を解き、人間の姿になったとき――そこに現れたのは驚くほどの美貌を兼ね備えた青年だったというわけだ。
十三、四歳の子供にしか見えない外見だったのに、二十歳そこそこの立派な青年にまで変化しており、あまりの変わりようと、あまりの完成された美しさに、ランドールは唖然とし、目を奪われた。
「わあ、背が高くなってる」

声が若干《じゃっかん》低くなっていたが、口調はまったく変わっていない。ここが城壁の上で、周囲にはランドールだけでなくルースもカークランドも兵たちもいるのに、アゼルは全裸であることを失念したかのように、すらりと伸びた手足に気が付いて感激していた。

いち早く我に返ったのはランドールだ。攫《さら》うようにアゼルを抱え上げて、電光石火の速さで砦内を駆け抜け、将軍の寝室に運んだ。

追いかけてきたルースに、いまのアゼルの体に合う服を用意することと、停戦協定の締結と事後処理のあれこれが終わるまで、アゼルを監視することを命じた。ルースは四の五の言わずに従ってくれた。

砦には男しかいない。若い男たちがアゼルをどんな対象として見てしまうか、言葉にしなくともランドールの危惧《きぐ》は伝わったのだろう。

アゼルにも十分言い聞かせ、ランドールが迎えに来るまで、待っていることを約束させたのだ。

あれから三日。砦はまだ落ち着いていないが、ランドールがすべきことはだいたい終わった。

「ランディ、遅いです。ぼく、ずいぶん待ちました」

口を尖らせて可愛らしく拗《す》ねているアゼルに、ランドールはでれっと鼻の下が伸びてしまいそうになる。

小竜は、可愛かった。ランドールはちいさい生き物が好きなので、純粋《じゅんすい》に庇護欲《ひごよく》が湧いていた。少年の姿に変化されたとき、庇護欲だけでなく、情欲も生まれた。実年齢が二十歳だと聞いていても、衝動のままに抱いてはいけないものだと自制した。だがアゼルは年相応まで成長を遂げた。もう遠慮も自制も必要ない。

それに――。

(私はアゼルの心に惹《ひ》かれたのだな……)

自分に少年趣味などなかったはずなのに触れたいと思ってしまったことが、引っかかっていた。大人の姿になっても愛しい――いや、より愛しい気持ちを抱くということは、アゼルの純粋さや健気さ、まっすぐに見つめてぶつかってきてくれる心に惹かれたのだとわかった。

「待たせたな」

「はい」

「すまない。いろいろと忙しくて」

「戦が終わって、ランディがものすごく忙しいのは、ルースから聞きました。でも、ちょっとでいいから顔を出してほしかったです」

寂しかった、と甘えた上目遣《うわめづか》いをされて、ランドールは歓喜のあまり眩暈《めまい》がした。

ランドールは寝台に腰かけ、アゼルの水色の瞳を見つめる。手を伸ばし、白い頬を撫でた。

アゼルはされるままになっている。指先で唇をなぞっても、微笑むだけだ。拒《こば》む気配は微塵《みじん》もない。

「アゼル……あらためてひとつ確認したい。私たちは、血の絆で結ばれたようだ。それが嫌ではないのだな?」

「嬉しいです。ランディと深いつながりができて、これ以上の喜びはありません」

アゼルは極上の笑みを浮かべてみせる。

「それに便利になりました。竜体のときに思念だけで意思の疎通《そつう》ができましたし、人間の姿になったいまでも、ランディがどこにいるか、なにを考えているか、なんとなくわかります」

「わかるのか?」

「竜体のときほどはっきりはしませんけど、なんとなく……。だから、三日間もここに閉じ込められていてつまらなかったけど、我慢できました。ランディがこの砦の中にいることはわかっていたし、ときどきぼくのことを考えてくれていることも感じられました」

「そうか」

まっすぐ見つめてくるアゼルが可愛い。微塵《みじん》もランドールを疑っておらず、ただただ純粋な信頼を抱いてくれているのがわかる。

「私とともに、王都へ行ってくれるか？」

「あなたが行くところなら、どこへでも行きます。ぼくは、あなたのものです」

きっぱりと潔《いさぎよ》いほどに言い切ってくれたアゼルを、ランドールは抱きしめた。

◇

「アゼル……抱いても良いか？」

抱く。ランドールが言う『抱く』は、たぶん男同士で性行為をすることだろう。ランドールからは発情したオスの匂《にお》いがしている。その匂いにあてられて、アゼルも腰のあたりがむずむずとしてきていた。

具体的なことはわからないが、大好きなランドールが、アゼルに酷いことをするとは思えない。だから、「はい」と頷いた。

「本当に良いのか？」

「良いです」

ランドールはアゼルの頬を一撫でするとと立ち上がり、室内にいくつも灯《とも》されていたランプのうち、たったひとつを残して消してしまった。

薄暗くなった寝台の上で見つめ合う。

ランドールがそっと顔を寄せてきたので、アゼルは目を閉じた。一度だけ交わした、あの心地良いくちづけを、またしてもらえるのかと期待に胸が高まる。

重なってきた厚い唇が、アゼルの唇を優しく吸った。それだけで体がふわりと浮き上がりそうなほどの快感に包まれる。みずから薄く唇を開いたら、すかさずランドールが舌を伸ばしてきた。口腔内に進入してきた舌が、またアゼルの舌を絡め取ったり、上顎をくすぐったりしてくる。

「あ、んっ……」

甘えたような鼻声が漏れ、アゼルは顔を火照《ほて》らせた。口の中が気持ち良過ぎて、背筋がぞくぞくする。無意識のうちに、もっと、とアゼルはランドールの首に腕を回していた。体が大きくなったからか、余裕で大きな体にしがみつくことができる。

くちづけに夢中になっていたら、いつのまにか寝台に押し倒されていた。伸し掛かってくるランドールは、いままで見たことがないような顔をしている。獰猛《どうもう》な獣《けもの》のようだった。

ランドールがアゼルのシャツのボタンを外しはじめる。やり方を知っているらしいランドールにすべてを任せようと、アゼルは全身の力を抜いた。

ランドールはアゼルのシャツを脱がすと、自分も身につけているものをつぎつぎと寝台の下に放り投げた。

全裸になったランドールの体は無駄のない筋肉で覆われていて、あちらこちらに古い傷痕《きずあと》があった。三日前に受けた左肩の矢傷は、貼り薬で処置されている。騎士であるランドールの歴史だ。

そして股間の一物《いちもつ》は見事に反《そ》り返《かえ》り、体格に見合った立派な姿をしていた。アゼルのものとはまるで違う。

同じ性のはずなのに、こんなに体格も一物も違うのはなぜだろう。種族が違うからだろうか。兄たちの一物をよく見たことがないので比較できない。

ただわかっているのは、兄たちの体を見ても、いまのように胸の鼓動《こどう》が激しくならないだろうということだ。

逞しいランドールの体を見つめていると、胸がドキドキして口の中が渇《かわ》いてくる。

これ、とランドールが股間のものを大きな手で鷲掴みにする。さらに一回り膨《ふく》らんだ性器から、アゼルは目が離せなくなった。

「これが、怖いか？」

「これを、おまえの中に入れたいのだ」

入れる。アゼルはメスではないので、穴は排泄用《はいせつよう》のものがひとつあるだけだ。あそこに入れるということだろう。

「……入るのですか？」

素朴《そぼく》な疑問だ。ランドールはふっと笑って、「おたがいに協力し合って、なんとかしよう」と言った。

ランドールが腕を伸ばし、アゼルの長い髪をまとめていた紐《ひも》を解いた。灰青色の髪を一房手に取り、くちづけられる。髪に神経なんて通っていないのに、ずきん、と甘い疼《うず》きが全身を駆け抜けた。

燃えるように体が熱くなってきて、アゼルは喘《あえ》いだ。発情期が来てしまったのだろうか。

「できるだけ、優しくする」

ランドールはそう囁いて、アゼルの上に覆いかぶさってきた。唇にくちづけてくれる。戸惑いながらも舌を差し出すと、ゆったりと絡められた。気持ちいい。ふわふわとした夢見心地に浸《ひた》り、アゼルは無意識のうちに、もっととねだるようにランドールの首に腕を回していた。

顔の角度を変えて、ランドールは深く口腔を探ろうとしてくる。舌先を甘く噛まれてアゼルはびくんと背中を震わせた。限りなく痛みに近い快感がぴりぴりと全身に伝わっていく。

くちづけられながら胸をまさぐられた。膨《ふく》らみのない胸についた尖りを、指先で弄られる。最初はなにも感じなかったのに、しだいに疼くような感覚が生まれた。両方の尖りをおなじように弄られ、胸を反《そ》らしてしまう。

唇が離れたとき、何度も甘噛みされた舌は痺れたように動かなくなっていた。

「ら、らんりぃ……」

名前を呼びたいのに、うまく言えない。ランドールは蕩《とろ》けるような目で微笑んだ。

「アゼル、可愛い」

「かわいい？　ぼく、かわいい？」

「とても可愛い。食べてしまいたいくらいだ」

「たべる……」

「こんなふうに」

ランドールが頭を下げて、胸に吸いついてきた。とたんに新たな快感がアゼルを包んだ。乳《ち》首《くび》を強く吸われて、頭が真っ白になる。

「あーっ、あっ、いや、やーっ」

指で弄られて敏感になっていたのか、アゼルの乳首はランドールに吸われて舐められて歯を立てられて、強烈な快感を生んでしまう。

体が逃げようとしたが、ランドールに上から体重をかけられては、ほとんど身動きできない。

「ああ、ああっ、らんでぃ、らん……、やめ、やあっ」

「痛いのか？」

「ちがう、けど、いやぁ」

「気持ちいいだけなら、やめてあげられないな。私はおまえを食べたい」

食べるってこういうこと？　と問い質《ただ》したいくらいに、それから延々とランドールはアゼルの体に舌を這《は》わせた。

たしかに、優しくしてくれたのだろう。けれど、優しさもときには苦しみとなって相手を苛むむことがある。

「もう、もういやです……！」

アゼルが快感のあまり泣いても、ランドールは全身をその舌で舐め尽くすまでやめてくれなかった。手も足も性器も、後ろの窄《すぼ》まりにもランドールの丁寧な愛撫は及んだ。両脚を限界まで広げられて、股間を弄られることに対する羞恥など消えていった。

「やだ、やだ、ランディ、そんなことしないで、おねがい」

「必要なことなんだ。じっとしていなさい」

窄まりを舐められて、さらに指を入れられて、アゼルはその器官がとても感じる場所なのだと教えられた。

「そう、アゼル、とても上手だ」

指で中を弄られ、前の性器から精を吐き出すことも教えられた。指が二本になり、感じすぎてまた精を出したいと訴えても、「何度もいくと辛くなるから」と許してくれなかった。

アゼルは泣いた。良すぎて苦しくて、ランドールに助けを求めて、何度もくちづけで宥められた。なぜか泣くほどにランドールの愛撫は執拗《しつよう》になった。

寝台の敷布が乱れに乱れて、アゼルの意識が朦朧《もうろう》とするまで優しくも容赦《ようしゃ》のない愛撫は続いた。

そのあいだ、ランドールも一度だけ吐精した。迸《ほとばし》る大量の白濁を胸にかけられて、アゼルは喜びを感じた。

入れられた指が時間をかけて三本に増やされたころには、もうアゼルは息も絶え絶えになっていた。

「アゼル、愛している」

熱のこもった囁きとともに、ランドールが指を抜いた場所に性器をあてがう。ゆっくりと挿《そう》入《にゅう》されて、アゼルはしなやかにのけ反った。

さんざん解されていたので、あまり痛みはなかった。大好きな人とひとつになれた、その一体感で心が震えた。自然と涙が溢れてきて、こめかみを伝って落ちていく。

「アゼル、痛いのか?」

「いいえ……嬉しいだけです……」

「そうか。私もだ」

ぐっと奥まで挿入されて、しばらく抱きしめあう。やがて、ゆったりと腰を使いはじめたランドールに、体を繋げることで得られる至高の快楽を教えられた。

「ああ、ああ、ランディ、ああっ」

心地良さに陶然としながら二度目の精を放つ。ぎゅっとランドールを締めつけてしまい、男らしい顔を歪めさせた。

しばらくして腹の奥に熱いものが叩きつけられるのを感じた。ランドールの口から低い呻きが漏れる。これで、血の絆の相手と、身も心も繋がることができた――。

脱力して伸し掛かってくる大きな体を、アゼルはまたもや嬉し涙を浮かべながら抱きしめた。

ランドールと話し合い、王都に戻る前に竜人族の村へ行くことになった。

「おまえは王の息子だ。もらい受けるには、やはり挨拶が必要だろう」

「ぼくは占い婆に会いたいです」

父への挨拶に拘《こだわ》るランドールの気持ちはわかるが、それよりもアゼルは長年世話になった占い婆にお礼を言いたかった。

ランドールを背中に乗せて、ルースたちに見送られながら砦を発《た》った。

竜人族の村は、険しい山がいくつも連なる秘境にある。おそらく地上を行けば何十日とかかる場所――辿《たど》りつけられればの話――だが、空を飛べば半日とかからない。

アゼルは一族のものたちが集会を開くための広場に降り立った。集会はいつも人間の姿で行う。そのため広場は大人の竜が降り立てば一杯になってしまうほどの広さしかなかった。

ランドールを地面に下ろしてすぐ、アゼルは人間の姿になった。すかさずランドールが衣類

を広げて身につけるのを手伝ってくれる。

上空に竜が集まりはじめた。アゼルが戻ってきたことに気づき、様子を見に来たのだろう。

村といっても、一族は人間が住むような家を建築して集落をつくっているわけではない。集会を開くとき以外は竜体なので、みんなはそれぞれ山肌の洞穴で寝起きしている。

広場に近い洞穴から、慌てた感じで長い布を体に巻きつけただけの男が出てきた。年の頃はランドールとおなじ三十代半ば、肌は浅黒く、短い髪も瞳も黒い。長兄だった。

「おまえ、アゼルか?」

長兄は大人になったアゼルに目を見張り、ランドールを睨みつけた。

「その男、人間か。アゼル、人間を連れてきたのか! なんてことだ!」

つぎつぎと人の姿になった仲間たちが集まってくる。人間を恐怖と憎悪の対象にしている竜人族だ。ランドールをいまにも殺しそうな、険悪な空気になっていた。

なにがあってもランドールを守るつもりのアゼルだが、大勢の仲間たちから向けられる敵意に気力が萎《な》えそうになる。だがランドールは堂々と立っていた。

「私はサルゼード王国の将軍、ランドール・オーウェルだ。アゼルと血の絆を結んだ。竜人族の王にお目通り願いたい」

威厳のこもった声に、長兄たちは怯んだ。

「将軍? 血の絆?」

「どういうことだ？」

ざわざわと動揺が広がっていく。

「アゼル、戻ったのか」

長兄の後ろから壮年の男が現れた。長兄に良く似た容姿をしている。父だった。

父はアゼルとランドールを交互に見つめ、険しい表情をする。

「大人になれたのは褒めてやろう。だが、なぜ人間を連れて帰ってきた。われわれにとって人間は忌避《きひ》すべきもの。この村に人間の居場所などない！」

予想通りの拒絶だ。

ランドールとアゼルがどうやって信頼関係を築き、血の絆を結ぶまでに至ったか、父は話を聞くつもりがないのだろう。

アゼルはランドールに申し訳なくてたまらなかった。わざわざこんな秘境まで来てくれたのに、歓迎しろとは言わないまでも、もうすこしマシな対応をしてくれるかと思っていた。

とうに諦めていたはずなのに、アゼルは父に期待していた自分を知った。

「突然の訪問を不審に思われたのなら申し訳ない。私はアゼルの父君にお会いしたかっただけだ」

ランドールは腹を立てた様子もなく、毅然《きぜん》と顔を上げている。

「会ってどうする。出来損ないの末息子がどうなろうと、わたしは知らない。なんとか大人になることは出来たようだが、竜人族らしからぬ姿なのは変わらない。そんな色で村の周囲を飛ばれたら目立ってかなわん」

「では、アゼルは私がもらい受けても構わない、ということか？」

「我々に迷惑をかけないのなら、好きにすればいい」

「アゼルは私が責任を持って保護する。それと、竜人族がここで暮らしていることは他言しないと誓おう」

ランドールが言い切ると、父はさっさと背中を向けて洞穴に戻っていった。長兄もこちらを睨みつけながら去っていく。

あまりにもあっさりとした別れに、アゼルはしばし茫然とした。疎まれているとわかっていたが、辛かった。

「アゼル……」

ランドールが肩を抱き寄せてくれなかったら、アゼルは日が暮れてもその場に立ち尽くし続けていただろう。

「さあ、訪問しなければならないところがあるのだろう？」

「……はい」

滲んでしまった涙を指で拭い、「こっちです」とランドールを案内した。

広場からすこし歩いていくと、中に小屋が作られている洞穴がある。そこが占い婆の住処だった。

「占い婆、アゼルだよ」

古い木の扉をそっと開けると、丸太を組んだだけの椅子に老婆が座っていた。頭からフードつきのローブをすっぽりと被っていて、皺深《しわぶか》い顔に笑みを浮かべてくれる。

「お帰り、アゼル」

この小柄な老婆は、竜体になれなくなっている。年を経《へ》て、空を飛ぶ力が衰えてくると、竜人族はしだいに竜体に変化できなくなり、人間の姿で死んでいくのだ。

なぜそうなのかは、占い婆でもわからないらしい。小さい方が埋葬《まいそう》が楽だろう、と彼女は笑うだけだ。

「そこの人間は、おまえが連れてきたのかい」

「うん。ぼくの大切な人。サルゼード王国の将軍なんだ。ランディっていうの」

そうか、と占い婆は頷いた。

「こっちに来て、あたしに顔を見せておくれ。大人になれたようだな」

占い婆に手招きされて、アゼルはランドールから離れた。目線をあわせるためにしゃがむ。

皺だらけの手で頬を撫でられた。

「良かった。無事に大人になれて」

「占い婆のおかげだよ。あのとき、山を下りろと言ってくれなかったら、ぼくはランドールに出会えなかったし、大人にもなれなかったかもしれない。人間は悪い人ばかりじゃないってことも知った」

「将軍は優しくしてくれるか？」

「とても」

照れ臭かったけれど、アゼルはランドールと視線を絡ませた。そんな二人を眺めていた占い婆は、はぁ、とため息をついた。

「将軍と、血の絆を結んだんだね……」

「どうして結べたのか、よくわからないけど」

「互いを信頼しあい、血を交換すれば良い」

「血を交換……。ぼくがランディの傷を舐めただけで、ランディは僕の血を口にしていないんだけど……」

「それでも血の絆が成立したというのは、それだけ互いを想う気持ちが強かったのだろう」

まさか、こんなことになるとは――と占い婆が辛そうな顔をする。やはりアゼルとランドールのことを祝福してくれる竜人はいないのだと、アゼルは悲しくなった。

だがもうランドールと離れることは考えられない。ついていくと決めたのだ。

「占い婆、ぼくはランディと一緒に王都へ行くことにした」

「そうか」

「次にいつ帰ってくるか、わからない……」

胸が苦しくなってきて、アゼルは俯いた。

「みんなは相変わらず人間を嫌っているし、竜人族の村を人間たちに知られないようにしないといけない。竜人はとても貴重みたいだから。ぼくが村と王都を行き来している姿を見られたらまずい。もう、帰ってこない方がいいと思う。だから……」

そこまで言って、アゼルは声を詰まらせた。喉の奥から熱いものがこみ上げてくる。ここでの二十年間の生活が脳裏《のうり》を巡っていった。

父の冷たい態度、母を恋しがって泣いた夜、竜人たちからの心無い言葉、そして占い婆の優しさ――。

なによりも、占い婆との別離が悲しい。

「良くしてくれた恩返しを、いつかしたいと思ってた。それなのに、なにもしないうちに、ここを出て行くことになってしまって、ごめんなさい」

「いいんだよ、アゼル。おまえは好きなように生きなさい。見返りが欲しくて、おまえを可愛がっていたわけじゃない」

細い腕に抱きしめられ、子供のようによしよしと頭を撫でられて、堰《せき》を切ったようにどっと涙が溢れた。

「ごめんなさい、ごめ……」

「謝らなくていい」

かなりの高齢である占い婆が、もう長くないことは村のみんなが知っている。村から出て行くということは、二度と会えないかもしれないということだ。

情愛に溢れ、知識の宝庫だったこの人を失う辛さに、アゼルは背中を震わせて泣いた。

「さあ、もう顔を上げなさい。大人になったのだから、いつまでも婆の胸で泣いていては、将軍が呆れるぞ」

肩をぽんぽんと叩かれて、アゼルは項垂《うなだ》れながら体を離した。

「さて、二人に話しておきたいことがある」

口調を改めて、占い婆が居住まいを正した。

「アゼルも、将軍も、心して聞いてほしい。竜人族がなぜこんな秘境に逃れてきたのか、その経緯《けいい》だ」

「やはり知っているのか」

ランドールがぐっと身を乗り出す。そんな話は聞いたことがなかったアゼルも、慌てて居住まいを正した。

「かつて、竜人族は人間と共存していた。波長が合う人間と血の絆を結び、使役されることによって、竜人族はそれなりの保護を受け、繁栄《はんえい》していたのだ」

遠いその時代を思い出すかのように、占い婆は目を閉じる。

「人間を背中に乗せて遠くへ飛んだり、重い荷物を軽々と運んだり、小竜のときは人間の子供たちと遊んだりもした。ときには戦争に行くこともあったが、信頼している人間に頼まれると我々は断れないし、血の絆を結んだ人間の喜びはそのまま我々の喜びになった。竜を煌《きら》びやかに飾り立てて戦勝を祝ったこともあった。それはそれは華《はな》やかで、美しい光景だったよ」

はあ、と占い婆は深く息をつく。

「だが、人間と竜人族は寿命《じゅみょう》が違う。人間が死んでからも我々は生き続けなければならない。血の絆を結ぶほどの人間が死んだとき、我々はどうなる？」

それはアゼルへの問いだった。ランドールが先に死んだときのことなど、まったく考えてもいなかった。腹の底がしんと冷えていく感覚に、アゼルは瞠目《どうもく》する。

「その人間の血縁――あるいは近しい者が、すべて承知の上で、あらためて血の絆を結び、引き継いでくれる場合もあったが、約半数の竜人が悲しみのあまり狂った」

「えっ……」

「絶望して狂った竜人を処分するのは、おなじ竜人の役目だった」

「処分？」

「殺すのさ。もう悲しまなくてもいいように」

仲間を殺す。

罪を犯した代償《だいしょう》の罰《ばつ》ではなく、ただ果てのない絶望を終わらせてあげるために殺したのか。

残酷な内容のあまり衝撃にふらりとよろめいたアゼルを、ランドールが支えてくれた。

「何世代もそれを繰り返し、やがて、我々は疲弊《ひへい》した。人間とともにある幸福よりも、心の安《あん》寧《ねい》を求めたのだ。一族で何度も話し合いを重ね、人間と決別する道を選んだ――」

アゼルは言葉もなく、ランドールの腕に縋《すが》りついた。アゼルとは対照的に、ランドールは落ち着いている。

「その結果、竜人族はこの秘境に身を隠すこととなったわけか」

「そうだ。生まれてくる子供たちに人間は恐ろしい生き物だから近づいてはいけないと教育し、二度と血の絆を結ぶものが現れないようにしたのだ」

その試みは成功した。何百年も竜人族はこの地に留まり、人間たちは竜を伝説化して実在しないものと思いこんでいた。

「じゃあ、なぜぼくに山を下りろと言ったの」

「おまえは異端だった。灰青色の鱗を持った竜など、いままで生まれたことがなかった。卵から孵るまでに十年、さらに孵ってから二十年たっても大人にならない。ここまで大人にならない子は、さすがに見たことがなかった。山を下りて人間に会うことで、なにかが変わるかもしれないと思ったのだ」

まさか人間と血の絆を結ぶとは予想していなかった、と占い婆は苦笑いした。

「……ぼくは、だれも望まないことをしてしまったんだね……」

「たしかに人間との決別が、先祖の望みだった。狂うほどの悲しみも苦しみもなくなった。だが、人間との交流が、この上ない喜びを生むのも本当だ。それを望んでしまうのは、竜人として、なんらおかしなことではない」

アゼル、と呼びかけられ、手を握られた。

「おのれの望む道を行きなさい。おまえはこの村にいても幸せにはなれないだろう。将軍とともにあることが幸せならば、死が二人を分かつまで、ともに在《あ》りなさい」

「……………はい……」

ふたたび涙がこみ上げてきて、アゼルは占い婆の痩《や》せた手をきつく握り返した。


小屋を出ると、空は夕暮れ色に染まっていた。

見上げれば、竜が何頭か飛んでいるのが見える。夕日を眺めて楽しんでいるのか、それとも狩りの途中なのか。

「アゼル……」

ランドールが肩を抱き寄せてくれ、アゼルはその逞しい体に凭れかかった。

「私は騎士だ。今回のように、戦が起こった場合、出て行かなければならない。おなじく騎士だった父は、五年前、五十六歳で戦死した。私も天寿《てんじゅ》を全《まっと》うできない可能性の方が高い」

「……はい……」

「それでもともに来て欲しいというのは、私の我儘《わがまま》かもしれないな」

「いいえ、ぼくがあなたと離れたくないから、ついていくと決めたんです」

傍《かたわ》らのランドールを見上げる。夕日を顔に受けたランドールは、白い歯を見せて笑った。

「ありがとう」

アゼルの方こそ、ありがとうと言いたい。種族を越えた愛を、この人は注いでくれている。いつか、死というものが二人を離れ離れにするだろう。その日のことなど想像したくない。すこし考えただけで、体が凍りつくような悲しみに襲《おそ》われる。

けれど、その日を恐れて、いまここで別れるという選択はしない。これから何年かは続くだろう、幸せの日々を放棄《ほうき》したくなかった。

「ランディ、これからもよろしくお願いします」

大真面目《おおまじめ》で言ったのに、ランドールは笑った。

「まるで嫁入《よめい》りのようだな。まあ、独身の私にとっては、おまえは嫁のようなものだが」

「よ、嫁……っ？」

そこまでは考えていなかったアゼルは、カッと顔を赤くした。ランドールが「おまえは本当に可愛いな」と笑いながらくちづけてくる。

「可愛い、ですか？　もう子供ではありませんけど」

「姿は関係ない。アゼルは中身が可愛いから」

そんな風に言われたら、ますます顔が赤くなってしまう。

「さあ、王都へ向かおうか」

頷いたアゼルに、ランドールはもう一度、唇を寄せてくれた。

将軍は竜を溺《でき》愛《あい》する

「アゼル、あれが王都マクファーデンだ」

背中に乗ったランドールが風を切る音に負けない大声で教えてくれた。

緑の牧草地が広がる平野の端に、城塞《じょうさい》都市が見えてくる。周囲の農地よりも一段高い場所に造られた街は、ぐるりと高い城壁で囲まれていた。

さらに高くした中央奥に、水堀に守られた城がある。何棟もの建物からなる城の屋根には、おなじ柄《がら》の旗が立てられ、風になびいていた。この国の印なのかもしれない、とアゼルは考える。

こんなに大きな建築物を見たのは、はじめてだった。想像できないくらいたくさんの石と、とてつもなくたくさんの人間の労力とによって建造されたのだろう。

王城の背後には山があり、王都の前には水量が豊富な大河が流れている。大河には長い橋がかけられており、人と荷馬車がたくさん渡っていた。牧草地の牛や羊たちが動物的な勘でアゼルの存在を察知したか、にわかに騒ぎはじめているのが見える。橋を渡っていた人々のうち、何人かが空を見上げ、指を差した。

「気づかれはじめたな」

ランドールが苦笑いしたのが感じられた。

『ぼくはこれからどうすればいいの？』

竜体のときは人間の言葉が喋《しゃべ》れない。けれど血の絆《きずな》を結んだ人間とは、心の声で意思の疎通《そつう》ができる。問いかけたアゼルに、ランドールが「私の屋敷に行く」と答えた。

「王都の上を飛んでくれ。東の端に、広くて古い屋敷がある」

指示を受けてアゼルはそのまま城壁を越えた。街の道も家も、すべて石が使われている。無数の人と荷馬車が通りを行き交い、混み合っているのが見えた。道中、食事等で世話になった軍の駐屯地《ちゅうとんち》にいた軍人たちの総数よりも多い。かつて、これほどたくさんの人間を見たことがないアゼルは動揺しながらも、ランドールを落とさないように慎重《しんちょう》に高度を落としていった。

「あそこだ」

ひときわ広い敷地を占める、古めかしい立派な屋敷があった。王城とおなじ色の石で造られたらしい屋敷は三階建てで、ところどころに緑の蔦《つた》が這《は》っている。牧草地のように緑の草が生やされた庭が広く、その周辺には色とりどりの花が咲いていた。

「庭に降りてくれ」

ランドールの言うとおりに、アゼルは着地した。精一杯、丁寧に着地したつもりだが、どうだっただろうか。まだ成体になって間がないので、背中の乗り心地が、とても気になる。

『ランディ、大丈夫？』

「なにを心配しているんだ？　とても乗り心地はよかったよ。飛ぶたびに上手《うま》くなっているような気がする」

そんなふうに言ってもらったら嬉しいに決まっている。すぐにでも人間の姿になってランドールに抱きつきたくなった。

「わあっ、本物の竜だ！」

「すごいわ、すごいわ！」

目の前の屋敷から子供が飛び出してきた。十二、三歳くらいの男の子と、それより何歳か年下の女の子だ。アゼルの登場に興奮しているのか、頬を紅潮させて遠巻きに見ながらぴょんぴょんと飛び跳ねている。話に聞いていた、ランドールの甥《おい》と姪《めい》だろう。

「ジェイク、レイラ、ただいま」

ランドールがアゼルから離れて声をかけると、二人は「おかえりなさい」と駆け寄ってきた。

「すごい、ランディってばすごい、竜といっしょに帰ってくるなんて、すごい」

女の子がランドールの足にしがみつき、男の子は「さすが、オーウェル将軍」と抱きついた。

可愛《かわい》らしいが、あまりにも馴れ馴れしいので、アゼルは不意に不安になる。

『もしかして、この子たちはランディの子供？』

「ちがう、甥と姪だ。私には妻も子もいない。独身だと言っただろう？　この子たちの親は……、ほら、来た」

ランドールが顔を上げる。目線の先には、軍服を着た男の人と、ドレス姿の女性がいた。

「アゼル、私の弟だ。ロバートという。後ろの女性はロバートの妻、ソフィア」

ランドールが片手を上げた。ロバートも片手を上げ、「兄さん、おかえりなさい」と笑顔になる。ソフィアはアゼルが怖いのか、怯《おび》えた様子を見せながら近づいてきて、「おかえりなさい」とランドールに声をかけたあと、子供たちの手を引いた。

「駐屯地からの手紙で事情は知っていましたが、まさか本当に竜とともに帰ってくるとは……。南の砦に行く途中で竜を拾うなんて、あり得ない話ですよね。すごい」

アゼルを見上げてきたロバートは、細身で色白だった。顔はよく似ているし最初からアゼルに好意的なところはランドールとおなじだが、どうやら騎士ではないようだ。

「しかし、美しい竜ですね」

姿を褒《ほ》められて、アゼルはきちんと挨拶《あいさつ》したいと思った。んっ、と全身に力をこめる。

「あ、おいっ」

視界の隅でランドールが慌てて自分の肩からマントを外したのが見えた。

(あ、そうか、むやみに竜体から人間の姿になっちゃいけないって、言われていたんだった)

王都に行くまえにいくつか注意事項を言われたのに、忘れていた。でももう止まらない。アゼルの体は淡い光とともに縮《ちぢ》んでいく。二枚の大きな翼は消え、長い首は短くなり、両手足の爪《つめ》は引っこみ、灰青色の鱗《うろこ》は白い肌へと変化《へんげ》した。

緑の草の上に二本の足で立ったと同時に、ランドールが背後からマントをかけてくれた。

「あの、はじめまして、アゼルといいます」

愛するランドールの弟だ。失礼があってはいけないと、精一杯の微笑《ほほえ》みで名乗った。それなのに、ロバートはぽかんと口を開けたままなにも言ってくれない。ソフィアも、ジェイクとレイラの二人も、みんな唖然《あぜん》としている。

困ってしまってアゼルはランドールに助けを求めて見上げた。彼は苦笑いして肩をポンと叩いてきた。

「みんな、人間の姿になったおまえに驚いているだけだ。ただの竜ではなく竜人族だと伝えてはあったのだが、変化《へんげ》するところを目の当《ま》たりにしてびっくりしたのだろう」

「……気味悪がられてる……？」

ランドールの身内に嫌われるのは悲しい。できるならアゼルも仲良くしたい。

「そんなことはない」

なあ、とランドールがロバートに同意を求めると、ハッと我に返ったように「失礼した」と歩み寄ってきた。竜体でいたときよりも近くまで来てくれて、優しい笑顔で見下ろしてくる。

「君のあまりの美しさに見とれていただけだ。はじめまして、アゼル。私はロバート・オーウェル。ランドールの弟で、正規軍の内部局に所属しています」

「内部局？」

「軍の政策や人事、整備の取りまとめをする部署だ」

ランドールが補足してくれたが、アゼルはよくわからない。騎士ではないが軍で働いている、ということだと覚えておく。

「挨拶が遅れてしまってごめんなさい、アゼル」

おずおずとソフィアが近づいてきてくれた。ジェイクはなぜかぼんやりとした目でアゼルを見つめたままだ。レイラはもじもじしながら前に出てきて、可愛らしくスカートを両手で摘《つ》まみ、お辞儀してくれた。

「ソフィアです。そして息子のジェイクと娘のレイラ。仲良くしてください」

どうやらランドールが言ったように嫌われたわけではなさそうで、ホッと安堵《あんど》する。

「将軍！　アゼル！」

聞き覚えのある声に振り向くと、屋敷の方からルースがやって来るところだった。その後ろには、上品そうな年配の婦人が歩いている。

「オーウェル将軍、無事にご帰還されたようで、よかったです。陛下がお待ちなので、すぐに登城の支度《したく》をしてください」

「すぐか？」

「すぐです。派手な帰還をするからですよ。陛下は将軍の報告を受けた後、アゼルと面会して、即座になんらかの地位を与えるおつもりのようです。そうでもしないと、アゼルの立場が定まりませんからね。きちんと立ち位置を決定しておいた方がいいでしょう。もう王都中があなたと竜のことで大騒ぎです」

肩を竦《すく》めたルースの横から、年配の婦人がにこにこしながら話しかけてきた。

「まあまあ、なんて可愛い人でしょう。用意しておいた服が、ちょうど合いそうね」

「母上、これから色々と面倒をかけると思いますが、よろしくお願いします」

ランドールが婦人に頭を下げたので、アゼルも慌ててそれに倣《なら》った。どうやらこの女性はランドールの母親らしい。

「はじめまして、アゼル。私はミルドレッド。ランディの母よ。さあ、着替えましょう。こちらにいらっしゃい」

いきなり手を引かれてランドールから引き離された。アゼルは困惑しながらも従わざるを得ない。このあとすぐ王に会うために登城しなければならないようだ。それでも心細くて愛する男を振り向くと、ランドールは「またあとで」と暢気《のんき》な様子で手を振ってくる。

仕方なく、アゼルは全裸にマント一枚という格好のままで、屋敷に連れられていった。

「あなたの背格好と容姿を事前に知らせてもらってよかったわ。うちには似合いそうなものがなかったから、知り合いに譲《ゆず》ってもらったの。はじめて陛下にお目通りするのだもの、本来なら一から採寸して仕立てるのが常識だけれど、今回は大目に見てもらいましょう」

ミルドレッドが広げて見せてくれたのは、豪華な衣装だった。白いひらひらがついたシャツと深い朱色の上着、揃いのズボン。ボタンは金色でキラキラしている。こんなに煌《きら》びやかな服は見たことがない。ランドールが着ている、勲章《くんしょう》付きの騎士服にすら感動していたアゼルなのだ。

袖《そで》を通すことに躊躇《ちゅうちょ》していると、ミルドレッドが「これは貴族の子弟が、改まった場所に着ていく服なのよ」と教えてくれた。

「ほら、急いで支度をしないと」

急かされて下着から身につけていく。

「なんてきれいな肌と髪でしょう。瞳も素敵な透明感があるわね。あなたはランディの竜になったと聞いたわ。今後、軍籍に入るならば身につけるのは軍服になるでしょうから、こんな格好をするのは最初で最後かもしれないわ。ああ、もっと色々な服を着せたいのに」

ミルドレッドは残念そうに呟きながらアゼルに着付けてくれ、最後に髪をブラシで梳《と》かしてくれた。すこし離れてアゼルを眺め、ひとつ頷く。

「とってもいいわ。きっと大臣たちが驚くわよ。その様子、私も見たかった」

ふふふ、と笑うミルドレッドに連れられて別室に行くと、ランドールとロバート、ルースが待っていた。

「おお、これはまた……」

ロバートが目を丸くしてアゼルを見つめ、「よく似合っています。さすが母上」とミルドレッドを褒《ほ》めた。ルースも「秘境育ちには見えないな」と笑ってくれた。

ただひとり、ランドールだけ立ち尽くし、なにも言ってくれない。凍りついたように動かなくなったランドールに、アゼルはみずから「どうですか?」と聞いてみた。

「あ、ああ、とても……その、綺麗だ」

「どこも変ではないですか？」

「変じゃない。美しい」

ふらふらとランドールが歩み寄ってきて、アゼルをじっと見つめてくる。大きな手で頬を撫《な》でられて、くちづけてくれるのかな、と目を閉じた。

「あー、ゴホンゴホン」

わざとらしい咳《せき》をしつつ、ルースが間に入ってくる。小声で「なにやってんですか」とランドールを叱《しか》った。バツが悪そうにランドールは離れていき、ひとつ息をつく。

くちづけてほしかったのに、どうしてルースは邪魔をしたのかと拗《す》ねた気持ちになったあとで、注意事項その二を思い出した。二人が愛を誓《ちか》った仲であることは当分のあいだ隠しておくから、人前で気づかれるような言動は慎《つつし》む、と言われていたのだった。

この先もずっと秘密にするわけではない。いまは、隠した方が得策だと、ランドールに説《と》かれた。ただでさえ竜人族の出現に、王都も城も大騒ぎになるだろう。それ以上の刺激は周囲に与えない方がいいというのが、ランドールの考えだった。ルースも賛成したので、アゼルも納得していたはずなのに。

アゼルは横目でちらりとロバートを窺《うかが》った。暖炉《だんろ》の上に置かれた鏡で自分の身だしなみを整えている。気づかれていないようだ。

「では、行こうか」

ルースが先導するかたちで屋敷を出る。箱形の馬車が用意されていた。四人乗りのようだが、ルースは馬で併走《へいそう》するらしい。アゼルとランドール、そしてロバートが乗りこんだ。ミルドレッドとソフィア、二人の子供に見送られて、馬車は城に向かった。

◇

ランドールにとっては見慣れたものだが、アゼルははじめて見る謁見《えっけん》の間の扉を、唖然とした表情で見上げている。精巧《せいこう》な彫刻が施《ほどこ》された大きな扉は、ランドールの背の倍はあった。

「おっきい……」

率直な感想が可愛らしくて、ランドールはつい笑みをこぼした。

「たしかに大きいし、この中の部屋も広い。おまえを一目見たくて、きっとたくさんの人がいる。だが私のそばにいれば大丈夫だ」

「私もいますよ」

後ろからルースが声をかけてくれ、アゼルは「うん」と頷いた。きちんとした服装をしているアゼルは、どこからどう見ても育ちのいい貴族にしか見えない。清純な美しさが際立ち、内側から輝くようだ。出会ってからいままで、アゼルには軍の支給品である簡素なシャツくらいしか着せることができなかった。仕立てのいい華《はな》やかな衣装を身につけたら、どれほど綺麗になるだろうと想像していた。まさか、これほどとは。

人目がなければ抱きしめてくちづけしたいところだ。夜まで待たなければならないのが辛い。

「将軍、目がおかしくなっていますよ。しっかりしてください」

ルースにこそっと注意され、ランドールはアゼルから視線を逸《そ》らして姿勢を正す。うっかりするとアゼルばかり見つめてしまうのだ。さっきから何度もルースに指摘されている。

「どうぞ、お入りください」

扉が開いた。ランドールは堂々とした態度で入室する。緊張してぎくしゃくとしながらも、アゼルがついてきた。ルースと、すこし離れてロバートも。

謁見の間には、大臣たちと王都滞在中の貴族がずらりと揃《そろ》っていた。中央には玉座が据《す》えられ、ランドールが忠誠を誓った少年王が座っている。

王の名は、ヴィンス・ノーランド・サルゼード。十二歳だ。二年前、前王が長患《ながわずら》いの後に崩御《ほうぎょ》し、王太子だったヴィンスが十歳の若さで即位した。父親譲《ゆず》りの金髪と金瞳。生まれつきあまり体が丈夫《じょうぶ》ではなかった父親とはちがい、健康的な顔色をしている。

その左側に立つのは宰相《さいしょう》のエイハブ・エイムズ。ランドールより二つ年上の痩身《そうしん》の男は、白髪に見える長い銀髪の持ち主だ。暗青色の瞳と細い鼻梁《びりょう》、薄い唇。めったに笑わない堅物《かんぶつ》で有名だが、絶対的な信頼がおける男なのは間違いない。

この男は中級貴族出身ながら、その頭脳を買われて前王に重用された。エイムズは、その恩を生涯忘れることなくヴィンスに仕えると、死の床にあった前王に誓ったのだ。その言葉通り、エイムズは結婚もせず、自分のすべてを少年王と国に捧《ささ》げている。愛用の片眼鏡《モノクル》は、いまは胸の隠しにしまってあるようだ。

王の右側には、王太后レジーナ・レディ・サルゼードが立っていた。三十歳の若さで夫を亡くした金髪碧眼《へきがん》の美女は、いつもの憂《うれ》い顔でこちらを見ている。旧姓はレンフィールド。ランドールのオーウェル家とは旧知の仲で、子供のころはよくいっしょに遊んだ。そのうちレジーナに当時の王太子だった前王との婚姻話《こんいんばなし》が浮上した。幼馴染みの少女が自分の学友でもあった王太子と結婚するのは驚きだった。しかしレジーナは教養と常識がある少女だったし、その美《び》貌《ぼう》も抜きん出ていたので、未来の王妃に相応《ふさわ》しいだろうと、ランドールは祝福した。

愛妾を持たなかった前王は、レジーナだけを愛し、大切にしていたと思う。短い結婚生活だったが王子に恵まれ、レジーナは幸せだったはず。けれど夫を失ってからは孤独なのか、いつも憂い顔でいるようになってしまった。

「オーウェル将軍、よく帰った！」

ヴィンスに潑剌《はつらつ》とした声で労《ねぎら》われ、ランドールは「はっ」と短く答えて片膝をついた。隣でアゼルが慌ててそれに倣《なら》う。

「南の砦《とりで》での働きは、カークランド大佐からの報告で聞いている。コーツ王国と停戦に持ちこんでくれて感謝している。隣にいるのが、もう一人の功労者である竜人族か？」

そう問われ、ランドールはアゼルの背中を押した。挨拶をしろ、と促《うなが》す。

「ア、アゼルと申します。竜人族の王の子です。お目にかかれて光栄です」

これでいいの、と目で問うてくるアゼルに、ランドールは微笑みで応《こた》えた。

「人間の姿になると、そんなに小さいのだな。おまえが王都の上を飛翔しているのを、さっき見たぞ。凄《すご》かった！　オーウェル将軍はあのとき背中に乗っていたのだろう？　私も乗ってみたい！」

なんにでも興味を示す年頃だ。絶対に言い出すだろうと予想していた。ヴィンスの背後に控《ひか》えていた侍従長が慌てるのを、ランドールは目で制する。

「陛下、私とアゼルは血の絆で結ばれております。ですから背中に乗れるのです。私以外の人間は、おそらくアゼルには乗れません」

もちろんそんなことはないらしいのだが、ヴィンスを乗せるのは危険だ。もしケガでもしたら大変なことになる。さらにそれをアゼルのせいにされたら、たまったものではない。

「アゼルの背に乗るのは、諦《あきら》めてください」

ランドールがきっぱり断ると、ヴィンスは残念そうに「そうか」と肩を落とす。しかしすぐに気を取り直し、「今後のことだが」と口を開いた。

「アゼルの待遇をエイムズと相談した。将軍の希望としては、常《つね》に共にあり、出陣の際には帯同したいのだな?」

「そうです。私とアゼルは生死を共にする誓いを立てております」

「わかった。とりあえずアゼルに少尉の位を授ける。これは特例だ。ルース・フェラース少尉とともに、将軍の副官という立場で軍籍に入るといい」

「ありがとうございます」

「あ、ありがとうございます」

ランドールに一拍遅れてアゼルも頭を下げる。

少尉という肩書きがどれほどのものなのか、たぶんアゼルはわからない。しかしルースとともに副官という立場を保証されたことは理解できただろう。ちらりとルースと目を合わせ、口元を綻《ほころ》ばせた。

「ところでアゼルの姓は?」

尋ねられたアゼルは、そんなもの必要なの? といった悲壮《ひそう》な表情になった。

「……ありません……。あるのかもしれませんが、知りません」

怖々といった感じで答えるアゼルに、ランドールは大丈夫、と目配せする。

「陛下、竜人族の常識は、我々人間とはかなり違うようです。長命のせいか家族という意識が希薄らしく、そのため姓というものがないのかもしれません」

「なるほど」

「これからアゼルは我が家で引き取り、生活を共にしながらすこしずつ人間社会のことを教えていこうと思っています。姓はオーウェルと、書類上は記載をお願いします」

「わかった。すべて将軍の言うとおりにしよう。エイムズ、よろしく頼む」

ヴィンスが左側斜《なな》め後ろを振り返ると、エイムズが黙って頷く。

「アゼル、もっとよく顔を見たい。近くまで来てくれないか」

王に請われて、アゼルが立ち上がり、おずおずと歩を進める。アゼルが動くと、周囲の者たちの視線も一斉《いっせい》に動いた。だれもかれもが興味津々《しんしん》で、中には胡散臭《うさんくさ》いものを見るような目つきで顔をしかめている大臣もいる。

まるで見世物にされているような——いや、まさに見世物だ——この状況が腹立たしい。けれど自分がこの国の人間で、これからも将軍として国を守っていくつもりならば、甘んじて受け入れなければならないのだろう。

アゼルがどう感じているのか、気になった。ただでさえ大勢の人の前に出ることに慣れていないのに、好奇の目で見られて竜人族の村に帰りたいと言わなければいいのだが……と、ランドールは気が気ではない。

ヴィンスは近くに来たアゼルとじっと見つめ、ほうっと感嘆のため息をつく。

「綺麗な髪と瞳だ。肌もこんなに滑《なめ》らかで白い。それなのに鱗《うろこ》に覆《おお》われた竜に変化するなんて、信じられない。アゼル、一度でいいから竜になるところを見せてくれないか」

ランドールがギョッとして顔を上げたと同時くらいに、アゼルは「いいですよ」と安請《やすう》け合《あ》いしてしまう。

「ちょっ、おい、アゼル」

止めようとしたランドールに構わず、アゼルはいきなり駆け出した。謁見の間の外は庭園になっている。暑くも寒くもない時期なので窓は開け放たれていた。そこからアゼルは勝手に外に出てしまう。

「アゼル!」

外で変化するつもりだ。慌ててランドールは後を追った。

「陛下?」

焦《あせ》った侍従たちの声に振り向けば、玉座を降りたヴィンスがすばしっこい動きで駆けてくるのが見えた。侍従や護衛も駆け出している。

アゼルは外に出ると、じゅうぶんな広さがあるところで立ち止まり、さくさくと服を脱ぎはじめた。服を着たまま変化するなというルースの教育の賜物《たまもの》か。

全裸になったアゼルが両手を広げて天を仰《あお》いだ。その体がほのかに光る。輪郭《りんかく》がぼやけ、光が一気に大きくなった。一瞬後には、灰青色の鱗が輝く、巨大な竜になっていた。

「すごい!」

ヴィンスがランドールの甥や姪たちとおなじような反応を示し、手を叩いて喜んでいる。王とはいえ、同世代だから当然か。ランドールはため息をつきながら竜体のアゼルに歩み寄り、脱ぎ散らかした服を拾い集めた。

遠巻きに眺めている重鎮《じゅうちん》たちの内心に吹き荒れるものを想像すると、笑えてくる。驚愕《きょうがく》や畏《い》怖《ふ》といった負の感情だけでなく、アゼルを軍事的にどう利用するべきか、もっとも有益な方法はなにか、味方につけるにはどうすればいいかと、懸命に頭を働かせているだろう。

ふん、と鼻で笑うと、アゼルの靴《くつ》を拾ってきてくれたルースが「悪い顔になっていますよ」と教えてくれた。

「アゼルは私のものだ。あいつらの私利私欲には一切関与させない。あの子が動くのは、国のために私が動くときだけだ」

「それをあの方々にわからせるには、すこし時間が必要でしょうよ。ある意味、純粋《じゅんすい》培養されたアゼルが、王城に巣くう年寄りたちに傷つけられないか、心配ですね」

「だれにも傷つけさせないさ」

あの子を傷つけるのは、きっと自分だ――と、ランドールは思う。

寿命の問題が、二人に重くのし掛かっていた。占《うらな》い婆《ばばあ》に聞かされた話は悲惨《ひさん》過ぎて、ルースやロバートには言えない。

戦場で死ななくとも、ランドールはアゼルより先に死ぬだろう。そのときアゼルが狂わないでいられるかどうかは、だれにもわからなかった。数年後か数十年後に、悲しい別れが待つと知っても、ランドールはアゼルを手放すことなど考えられない。一日でも長く、顔を見ていたい、触れていたい、そう思う。

二人で見た、竜人族の村の夕日を思い出した。占い婆にも誓ったのだ。死が二人を分かつまで、共にあろうと。

「将軍、どうしました？」

視線が遠くなっていたようで、ルースに気遣《きづか》わしげな顔をされた。

「さすがの将軍もお疲れでしょうね。南の砦までの強行軍と、到着してすぐの戦闘《せんとう》、さらにアゼルの背中に乗って竜人族の村まで飛んで帰ってきたんですから」

「ああ、まあな」

ルースが心配するほど疲労は感じていなかったが、アゼルは疲れているかもしれない、と思い至った。成体になってはじめて人を乗せて長距離移動をした上、休憩《きゅうけい》する間もなく王都で見世物になっているのだ。

「アゼル、もういいから、人間の姿に戻れ」

そう声をかけると、竜体が柔らかな光に包まれて縮んでいき、やがて人間の姿になった。唖然としているヴィンスに構わず、ランドールは服を着せかけた。全裸のアゼルをおのれの体で隠すように立ち、できるだけ素早く肌を覆っていく。ルースは足下に跪《ひざまず》き、アゼルに下着とズボンを穿《は》かせてくれた。

まるで綿密な打ち合わせでもしていたかのように、あっという間にアゼルに服を着せることができた。貴族の美青年然としたアゼルが出来上がると、ヴィンスが笑った。

「将軍がまるで侍従のようだ。アゼルは色々な意味ですごいな」

侍従のようだと評されても、ランドールの心は微塵《みじん》も傷つかない。むしろ誇《ほこ》らしい。それだけ無駄のない動きができたということだ。

「二人とも、私のお茶会に招待したいが、このあといいだろうか？」

アゼルに戸惑った目を向けられ、ランドールは頷いた。ヴィンスの個人的なお茶会ならば、重鎮たちは同席しない。侍従と女官に囲まれてお茶を飲むくらい大丈夫だろう。それにヴィンスは忙しい身だ。それほど引き留められないと踏んだ。

「場所は温室にしよう」

ヴィンスがアゼルに「こっちだ」と促す。その後ろをランドールはついていった。

温室に着くと、侍従たちが急いで用意したと思われるテーブルと椅子が置かれていた。

「陛下、アゼルには冷たい飲み物をお願いしたいのですが」

「そうなのか。わかった」

理由を特に尋ねることなく、ヴィンスは了解してくれた。竜人族はそういうものだと勝手に納得したのかもしれない。竜人族の村は火を使うことを禁じられていた。アゼルはランドールと出会ってからはじめて、調理された温かいものを食べたのだ。淹《い》れたての熱いお茶は、たぶん飲めない。

椅子に腰を下ろすと、ヴィンスは上機嫌でアゼルに質問をしはじめた。

「街道で将軍に出会ったと聞いたが、どんな状況だったのだ？」

「えっ……と、その、大鷲《おおわし》と間違われて、ルースに矢で射られました」

「矢で射られた？　本当か？」

目を丸くしてランドールに確認してくるヴィンスに、「本当です」と頷く。

「でも翼の皮膜《ひまく》を貫通《かんつう》しただけなので、たいしたことはなくて――」

すぐに手当てしてくれて、優しくされて、いい人だと思ったとアゼルは照れたように話す。

「それで南の砦までついていったのか？」

「なんだか離れがたくて。ランディもそれを許してくれて」

「きっとおたがいに惹《ひ》かれるものがあったのだな」

ヴィンスは感心したように何度も頷き、それから空を飛ぶときの気分とか、変化するときに痛みはないのかとか、竜人族の村はどんな様子なのかとか、子供らしい無邪気な質問をいくつもぶつけている。アゼルは戸惑いながらも、できるだけ誠実に答えていた。

温室にふらりとエイムズが現れた。こちらのテーブルには近づいてこず、ランドールに目で「話がある」と呼びかけてくる。おたがい十代のころからの付き合いだ。そのくらいの意思疎《そ》通《つう》はできる。

ヴィンスにことわってから席を立ち、エイムズのところまで行った。別室に移動しようとしたエイムズを引き留める。

「アゼルから目を離したくない。ここで話せ。これだけの距離があれば、陛下に聞かれることはないだろう」

ランドールの言葉にエイムズは不満そうな顔をした。しかしランドールが譲《ゆず》らないので、その場で立ち話となる。

「コーツ王国からこんな手紙が届いた」

上着の隠しから取り出した書状を手渡され、ランドールはざっと目を通した。

「なんだこれは」

一読して、ランドールはコーツ王国の正気を疑った。そこには竜についてのコーツ王国の希望が羅列《られつ》してあった。

「貴重な種である竜をサルゼード王国だけが独《ひと》り占《じ》めせず、共有しよう、だと？　図々《ずうずう》しいにもほどがある。こいつらは馬鹿なのか？」

「ああ、馬鹿なんだろうな」

エイムズの呆《あき》れた表情から、コーツ王国の求めには応じない気持ちが見て取れる。

「あの国はいったいなにを考えているのか……無い物ねだりが酷《ひど》い……。それとも我々を侮《あなど》っているのか」

「ああそうだな、侮られているのかもしれない。アゼルの共有だけでなく、竜の巣の在処《ありか》や飼《し》育《いく》方法を教えてほしいとある。飼育方法？　飼育とはなんだ。竜は家畜《かちく》ではない。高い知能を持つ、人間とおなじかそれ以上の存在だ」

ムカムカと腹が立ち、ランドールは衝動的《しょうどうてき》に書状を破ってしまいそうになり、なんとか踏みとどまる。それでも皺《しわ》が寄ってしまったものを、突きつけるようにしてエイムズに返した。

「南の砦の損害賠償《ばいしょう》をもっとふっかけてやればよかった。これ以上関係をこじらせてはいけないと配慮《はいりょ》して手加減してやったら、これだ。あの国にはまともな人間がいないのか」

てのひらで書状の皺を伸ばしながら、エイムズがぶつぶつと愚痴《ぐち》っぽく呟く。

「オーウェル、アゼルの身辺には気をつけろ」

エイムズが忠告してきた。暗青色の瞳がランドールを見てくる。

「コーツ王国に、アゼルがただの竜ではなく人間に変化できる竜人族だと知られるのは時間の問題だ。今日ここで随分《ずいぶん》と派手にお披露目《ひろめ》したからな。人の口に戸は立てられない。人間の姿になれて、しかもあの美貌《びぼう》だ。喉から手が出るほど欲しがるに決まっている」

誘拐の可能性を指摘され、ランドールは青ざめた。

言いなりにさせることができれば、竜人は利用価値が高い。竜体で使役《しえき》すれば軍の戦闘能力は倍増するだろうし、そうした力が必要ないときは人間の姿でいさせれば世話がしやすい。そしてアゼルは鑑賞に堪《た》えうる外見の持ち主だ。

大切なアゼル。ランドールの命の片割れ。本人が望まない生活を強《し》いる者に、渡してなるものか。守ってみせる。

ランドールと共にあれば、いつか戦地に赴《おもむ》くときが来るだろう。けれど前線に立つかどうかは、アゼルの意志に任せようと思っている。無理強いはしたくない。本人が戦う意味を理解して、ランドールとどこまでも共にありたいと願ってはじめて、戦闘に加わるのだ。

しかし戦地以外で危険にさらすつもりはさらさらない。

「あの子を死ぬ気で守れ」

「言われなくとも守るさ」

「オーウェル家の警備の手が足らなければ軍を使え」

「いいのか？」

「おまえは我が国の将軍だ。しかもその屋敷は城の目と鼻の先。戦場では私はどうにも助力のしようがないが、王都マクファーデン内のことならば話は別だ。オーウェル家でなにかあったら、国の面子《めんつ》に関わる。将軍らしく、武力でもってあの子を守れ」

知の力によって、死ぬ気で国を守っているエイムズだからこそ、説得力のある言葉だ。

「おのれの命に替えてもアゼルを守る。その覚悟がなければ、血の絆などそもそも成立しない」

「不思議なものだな。その血の絆というものは」

なんとなく二人とも、ヴィンスと談笑しているアゼルを眺める。いったいなにを話しているのだろう。気になる。

「ところでオーウェル、竜人族の村の場所は、私にも教えないつもりか？」

「悪いが、言えないな」

村の者と約束したわけではないが、ランドールはだれにも言うつもりはなかった。彼らはあの秘境で静かに暮らしている。山の恵みを食し、洞窟《どうくつ》で眠り、それぞれの自由を謳歌《おうか》して長い一生を終えるのだ。その生涯に疑問を抱《いだ》いていない。そっとしておくのが一番だ。

そもそも、場所を教えたとして、あんな秘境にいったいどうやってたどり着くというのか。彼らの何代か前の竜人たちが、人間と決別するために選んだ場所だ。アゼルの背に乗せてもらい、上空から見た限り、人馬では無理だろう。

占い婆の情がこめられた数々の言葉を思い出し、ランドールは「ひとつだけ、エイムズには伝えておきたいことがある」と口を開いた。

「なんだ？」

「竜人族がなぜ秘境で暮らすに至ったか、だ」

説明すると長くなるので鳩で飛ばす薄紙には書ききれないと思い、王都に戻ったら会って直接話そうと思っていた。

「おまえも昔話としてなら知っているだろう。竜はかつて人間に使役され、共に暮らしていた。それは実際にあったことだそうだ。それがどうして道を分かつことになったのか、アゼルの育ての親である村の長老から、話を聞いた」

「なにか大きな事件でもあったのか？」

「いや、そんなものはない」

決定的な事件などはない。悲しみの積み重ねによって、竜人たちはゆっくりと疲弊《ひへい》していったのだ。人間と竜人の寿命の違い、それによって生じる悲劇を語って聞かせると、エイムズが悲壮《ひそう》な顔つきになった。

「つまり、おまえが先に死んだら、あの子は気が狂うというのか」

エイムズが指を差した先に、侍従に世話を焼かれて恐縮《きょうしゅく》しているアゼルがいる。

「絶対にそうなるとは限らない。長老の話だと、約半数の竜人が――」

「あの子の、おまえへの信頼度くらい、今日が初対面だった私にでもわかるぞ。楽観視するにもほどがある。もしアゼルが悲しみのあまり狂ってしまい、あの巨大な竜の姿で暴れたらどうする。王都は壊滅《かいめつ》だ」

「そうならないよう、私以外の人間とも親しくさせようと思っている。心を許せる相手がいたら、悲しみを乗り越えることができるらしい」

睨《にら》んでくるエイムズをなんとか宥《なだ》めようとしたが、自分が挙げた対策案が頼りないものであることくらいランドールが一番よくわかっている。

「……私にもしものことがあって瀕死《ひんし》の状態になった場合、アゼルの背中に私を括りつけてくれ。竜人族の村へ向かって飛ぶように、アゼルには言い含めておく。到着する前に私が死んでアゼルが正気を失ったとしても、村の近くまで行っていれば、だれかが気づいてくれるだろう。そうすればきっと、竜人のだれかがアゼルを楽にしてくれる」

アゼルを残して死にたくないが、この方法が最も現実的だった。頷いてくれると思ったが、エイムズは「おまえもコーツ王国並みに馬鹿だな」と鼻息荒く怒った。

「オーウェル将軍にそんな死に方をさせられるわけがないだろう。おまえは我が国がどれほどの伝統を持つ大国か、本当にわかっているのか？　近隣諸国から一目置《いちもく》かれる存在であるサルゼード王国だ。そしておまえは最強のオーウェル将軍だ。国民から愛され、信頼され、絶大な支持を集めている将軍が、伝説の竜とともに帰還《きかん》したといって、街は大騒ぎだ。おまえのことだ、これからも活躍してくれるだろう。そんな将軍が死んだとしたら、盛大な国葬《こくそう》を行うに決まっている。三日三晩、一般の弔問《ちょうもん》を許して教会に遺体を安置することになるだろう。中身のない、空《から》の墓など建てたら、私は全国民から恨《うら》まれること間違いない」

国葬だけならまだしも、墓についてまで言及され、ランドールは唖然とした。

「そこまで考えているのか」

「葬式の段取りは、おまえが出陣《しゅつじん》するたびに考えている」

エイムズは真顔で言い切った。ランドールも戦地に発《た》つたびに、弟のロバートに「オーウェル家と母上を頼む」と言い置いていく。ちょっとした小競《こぜ》り合《あ》い程度だったとしても、人の命はいつどうなるかわからないものだからだ。

エイムズは戦地に赴いたことがない。けれど王都にいながら、彼もまた戦っているのだ。宰相としての覚悟を見た気がした。

「私とアゼルのせいで、余計な悩みを増やしてしまったな。ただでさえおまえは多忙なのに、すまない」

「ああ、私は忙しいさ。まったく、やってもやっても仕事が減らない。あちこちが私に仕事を振ってくるせいだ。陛下には、はやく大人になっていただきたいものだ……」

やれやれと肩を竦《すく》めながらも、ヴィンスを眺める目には親しみがこめられている。学友の忘れ形見だ。生まれたときから成長を見守ってきた子供は、もはや我が子に等しいのだろう。エイムズは国と結婚しているようなものなのだ。

「とりあえず、コーツ王国には丁寧な断りの手紙を出しておく」

完全には皺が伸びきらなかった書状を、エイムズは畳《たた》んで胸の隠しに入れた。

「オーウェル、寿命問題についてなにか解決の糸口がないか、さらに竜人族のことを調べてみる。諦めるなよ」

珍しくエイムズに元気づけられてしまった。ランドールは「わかった。頼む」と調査を一任し、アゼルたちの元へ戻ろうとした。そこに柔らかな女性の声がかかる。

「オーウェル将軍」

振り向くと、皇太后レジーナが立っていた。侍女二人と、護衛の騎士二人を連れている。

一瞬、面倒な相手に捕まった、と思ってしまった。その感情があからさまに顔に出ていないか気になったが、この場で鏡を手にするわけにはいかない。

エイムズはレジーナに一礼すると、さっさと立ち去ってしまった。彼も面倒事から逃げたのだろう。

「お帰りなさい、将軍。まさか竜人を伴《ともな》って帰還するなんて、思ってもいませんでした」

「偶然、街道で出会いまして……」

「ねえ、将軍。いえ、ランディ」

唐突に愛称でランドールを呼び、するりと距離を詰めてきた。甘ったるい香水が鼻腔《びこう》を刺激する。あまり好きな匂いではなかった。

「こんど、私のお茶会に招待したいのだけど、来てくださる？」

「……南の砦で受けた矢傷がまだ完治しておりません。しばらくは自宅で静養したいと思っております」

「あら、そうだったの。どこをケガしたの？」

レジーナの手がランドールの腕や肩に触れてきた。あきらかに意味深な手つきだとわかる。

ランドールは侍女と騎士たちの視線が気になった。彼らには守秘義務があるが、それが必ずしも守られているとは言えないことを、ランドールは知っている。

前王だった夫を亡くしたレジーナは、いわゆる未亡人だ。そしてランドールは独身。なにかあったとしても、国に損害を与える事態にならない限り、黙認されるだろう。けれどランドールにその気は一切ない。亡き前王は学友だった。その妻だった女性は幼馴染みだ。どうこうなるつもりは毛頭《もうとう》ない。それに、いまはアゼルもいる。

「矢傷はアゼルの看病で、ずいぶんと良くなっています」

「……あの子ね」

レジーナの視線がアゼルを捕らえる。憂いを含んだ碧眼は、やはり美しい。しかし、ランドールはアゼルの薄い水色の瞳の方が好きだ。

「母上！」

ヴィンスがレジーナに気づき、手を振ってきた。アゼルがつられてこちらを見る。ランドールと目が合いパッと明るい笑顔になったが、一瞬後にそれは消えた。アゼルの咎《とが》めるような視線が、自分の腕に触れているレジーナに向けられているような気がする。ランドールはできるだけさりげなく体を引き、レジーナから距離を取った。

ランドールはレジーナに一礼だけをして、アゼルの元に戻った。アゼルの横の椅子に腰を下ろす。顔を強張《こわば》らせ、縋《すが》るような目をしたアゼルが手を握ってきた。

「ランディ……」

「どうした？」

ぎゅっと握り返してやる。アゼルはホッと頬を緩《ゆる》めながらも、温室の入り口に立ったままこちらを眺めているレジーナを気にしている。

「あの人、ランディに触っていなかった？」

「矢傷が完治していないと話したら、気遣《きづか》ってくださっただけだ」

「そう……」

納得していない様子ながらも、アゼルはそれ以上、レジーナについて聞いてくることはなかった。

◇

ふわふわの布団に肌触りのいい敷布。いっぱいに手足を伸ばしてもはみ出すことはない広い寝台。そこに愛する男と足を絡ませながら眠る心地よさを、アゼルはここ数日、堪能《たんのう》している。

カーテンの隙間から朝日が差しこんでいた。もうすっかり日が昇っているようだ。

視界の隅には、アゼルのための真新しい寝台がうつっている。一度も使っていないことは、ランドールの部屋の清掃を担当している使用人しか知らない。その使用人は年配の男性で、ランドールが子供のころからこの屋敷で働いているそうだ。黙っていてほしい、という主人の願いを受けて、毎日なにも言わずに掃除と洗濯をしてくれている。

（ランディ……）

しばらく前から目が覚めているアゼルだが、起き上がるのがもったいなくて、ランドールの寝顔を眺めていた。南の砦でも駐屯地の宿舎でもひとつの寝台で寝た。しかしランドールはこまで無防備に熟睡することはなかった。軍人として、将軍として、きっと常に気を張っていたのだろう。

やはり自宅は心底安心して眠れる場所なのだ。アゼルはこんな時間が嬉しくて、ランドールの乱れた髪を指先で弄《いじ》ってみたり、髭《ひげ》が伸びてざらざらしている頬を撫でたりして楽しんだ。

布団の中の二人は、全裸だった。王都に着いてから毎晩、二人は抱き合っている。昨夜も凄《すご》かった……と、アゼルはぼんやりとランドールの唇を見つめながら思い出す。

この唇に体中くちづけられ、性器を嬲《なぶ》られた。後ろの窄《すぼ》まりも舐《な》め回《まわ》されて、泣かされた。抱かれるごとに快楽が深く激しくなっていくことに、アゼルは戸惑いを覚えている。けれどランドールに言わせると、それはなんらおかしな現象ではないらしい。おたがいに愛しているからこそ、快楽も深まっていくのだと説明された。

アゼルにとって、ランドールは唯一無二《ゆいいつむに》の人だ。ランドールがいてくれたら、他になにもいらない。そのランドールが「おかしくない」と言うのなら、きっとそうなのだろう。

布団をちょっとだけめくり、ランドールの体を見た。肩の矢傷はほぼ治っている。日を近づけないとわからないくらいに、傷跡は薄くなっていた。鏃《やじり》がずっぷりと刺さり、かなりの流血をしていたわりには治りが早いように思う。

とはいえ、アゼルは人間がどれほどの治癒力《ちゆりょく》を持っているのか知らない。これが普通なのか、遅いのか早いのか、判断がつかなかった。とにかく、化膿《かのう》することもなく順調に治り、傷跡がこのていどで済んでよかった。

ランドールは矢傷を理由に休暇《きゅうか》を申請《しんせい》したそうだ。王が承認したので十日間も屋敷でゆっくりできる。まだあと何日か残っているから、たっぷり触れ合っていられるのが嬉しい。

こうして二人でいると、城での出来事がすべて夢だったのかも、と思いそうになる。ランドールの甥ジェイクのように好奇心旺盛《おうせい》で溌剌としていた少年王ヴィンスとは、仲良くなれそうだ。

けれど――ヴィンスの母親だというレジーナは、なんとなく好きになれそうになかった。

(ランディに触っていた……)

体を寄せて、ランドールの腕に触れていたレジーナを思い出すと、胃のあたりがもやもやして気分が悪くなってくる。

(すごく、嫌だった)

離れてほしいと強く思ったら、ランドールがレジーナに対して素《そ》っ気《け》ない態度を取ってくれてホッとした。ルースやロバートがランドールに近づいてもなにも感じないのに、レジーナだけはどうしても嫌だったのだ。

だから、こうして閉じた空間でランドールと二人きりでいると安堵できる。屋敷の中にはロバートの家族と母親と、たくさんの使用人たちがいるけれど、だれも邪魔をしに来ない。ランドールがそうしてほしいと頼んだからだ。アゼルが新しい環境に慣れるまで、そっとしておいてほしいと。

「じつは新婚気分を味わいたいだけだ」

あとでこっそりと本心を教えてもらい、アゼルは顔を真っ赤にした。

それからしばらく飽《あ》きずにランドールの顔を弄っていたら、うっすらと目が開いた。

「……アゼル……」

黒褐色の優しい瞳に自分の顔がうつる。ひとつの寝台で眠るようになってからの習慣が、目覚めたときのくちづけだ。アゼルはランドールの唇の端にチュッと吸いついた。

「おはよう、ランディ」

「おまえは早起きだな。出仕しなくていいのだから、もっとゆっくり眠ればいいのに」

「わかっているけど、習慣なんだと思う」

秘境の村で暮らしていたときの習慣は、そう簡単には抜けない。日の出とともに起き、日の入りとともに眠る。それが火を禁じられていた竜人族の生活だった。

「昨夜もあれだけ何度も可愛がってやったのに、意外と体力があるな」

「あっ」

するりと逞《たくま》しい腕が腰に回ってきて、抱き寄せられた。素肌の胸と胸が重なり、心音が響いてくる。力強い、ランドールの鼓動。この音を聞くたびに、生ある限り愛していこうと思うのだ。

「アゼル、もう一度、朝のくちづけをしてくれ」

低く囁かれて、頭がぼうっとなる。引き寄せられるようにアゼルは唇を寄せた。触れた瞬間、後頭部を鷲掴みされた。ぐっと顔を押しつけられ、くちづけが深くなった。ランドールの肉厚の舌が口腔《こうこう》に入ってくる。

「ん、ん、んっ」

ねっとりと舌を絡められ、吸われ、まだ生々しい昨夜の記憶を掘り起こそうとしてきた。

「あ、だめ、ランディ、もう朝なのに……」

「朝だからこそ、おまえの美しさがよく見えていい」

ランドールは笑いながらアゼルの体をまさぐってきた。

「あ、あっ、待って、そこは」

胸の飾りを指で弄られ、アゼルはのけ反《ぞ》った。快感がさざ波のように背中を伝っていく。またたく間に体が熱くなってきた。昨夜さんざん嬲られて、何度も白濁《はくだく》を吐き出した性器が勃《た》ってくる。同時に、後ろの窄まりが疼いた。

「おまえの可愛い屹立《きつりつ》が、私の腹に当たっているぞ」

「あんっ」

無意識のうちに、ランドールに股間《こかん》を擦《す》りつけていた。それを鷲摑みにされ、たまらない快感に喘《あえ》ぐ。

「私にすべてを見せてくれ」

ランドールはアゼルを組み敷き、両足を大きく広げさせてきた。夜、燭台《しょくだい》のちいさな光の中で行う性交ですら恥ずかしいのに、カーテンの隙間から眩しいほどの陽光が差している時間帯にこんな体勢を取らされるのは羞恥《しゅうち》の極《きわ》みだ。

「いや、ランディ、やめて」

「本気で嫌がっているのか？　おまえのここは、私に嬲ってほしくて濡れているぞ」

指摘されて、アゼルは思わず両手で顔を覆った。本当に嫌だったら体が拒絶して萎《な》えるはずなのに、アゼルのそこは天を向いて勃ち、先端から露《つゆ》を足らしている。

「だって、だって、ランディにされて嫌なことなんて、本当はないんだから……仕方がないでしょう」

責めるような口調になってしまったのに、ランドールは責任を転嫁《てんか》したアゼルを怒ることなく、笑いながらそこに顔を寄せてきた。ぺろりと先端の露を舐めとられ、「あんっ」と淫らな声が出てしまう。

「可愛いな、おまえは」

「あ、あ、あ……」

ランドールの口に自分の性器が吸いこまれていく光景を目の当たりにしてしまい、アゼルは視覚からの刺激に耐えきれず、半泣きになった。それでも萎えることなく、むしろさらに興奮してしまい、勝手に腰が揺れた。

じゅぶじゅぶと音がするほどに口腔で扱《しご》かれ、アゼルはあっけなく陥落《かんらく》する。ほとばしる体液を、ランドールは一滴残らず嚥下《えんげ》した。

「ああ……美味《うま》い」

濡れた唇をぐいっと拳《こぶし》で拭《ぬぐ》い、ランドールは恍惚《こうこつ》とした表情を見せる。

最初にアゼルの体液を飲んだとき、ランドールは驚いたように、「美味だ」と感想をこぼした。アゼルもランドールの白濁を舐めたことがあるが、美味《おい》しいと思ったことはない。

ランドールは一度放出してくったりしたアゼルの性器をふたたび弄りだした。どうやら体を繋《つな》げたいらしい。後ろに指が挿入《そうにゅう》され、アゼルはしなやかに背中をくねらせた。

「あ、あん、んっ」

昨夜何度もランドールの屹立を受け入れた場所は、しっとりと指に絡みついている。敏感な性器に作り替えられてしまったそこを弄られると、アゼルはすぐに我慢できなくなって懇願《こんがん》してしまうようになった。

「ラン、ランディ、ああ、入れて、おっきいの、入れて」

もう朝で、明るい寝台の上、体だけでなく表情まですべて見られているのに。アゼルはランドールの立派なそれをねだってしまう。

焦らすことなく、ランドールは与えてくれた。体格に見合った大きさのものが、アゼルの後ろにゆっくりと入ってくる。柔らかく受け止めたアゼルの粘膜は、ランドールに快感を与えているらしい。

「ああ……素晴らしい……」

ランドールの色っぽい呻《うめ》き声《ごえ》を聞くことができて、アゼルは幸せだ。

腰の動きにあわせて、アゼルは喘いだ。頭がおかしくなりそうなほど気持ちがいい。抱かれるたびに、これ以上の官能はないと思うほど感じさせられる。

「ああ、いい、ランディ、ランディ」

「アゼル……」

喘ぎを吸い取るようにくちづけられ、アゼルは体内にいるランドールをきゅっと締めつけた。

体の上で将軍が情けなく呻く。可愛い人。ずっとこのまま一緒に居《い》たい。

「愛している」

「うん、ぼくも」

ひとつになる。愛する人と、身も心も繋がるのだ。

体だけでなく心でも感じて、アゼルは快楽の頂点に達した。

オーウェル家の人々は、アゼルに優しい。ランドールの母親ミルドレッドは明るく朗らかな女性で、アゼルの普段着を揃《そろ》えることに情熱を見出《みいだ》している。

「あなたには優雅な意匠のものが似合うわ。やっぱり軍籍に入ることになったから、公式の場では軍服になるわね。王都一の腕を持つ職人に仕立てを依頼しましょう。普段着は私に任せて。とびきり似合うものを揃えてあげる」

アゼルは服に興味がない。竜人族の村ではほとんどの時間を竜体で過ごしていたし、人間の姿になったときは裸が隠せればいいと思う程度のものしか身につけていなかった。

ミルドレッドが用意してくれたものは、なぜだか装飾が多く、ひらひらとした布がたくさんついている。着てみるとミルドレッドが「似合うわ。可愛い」と喜ぶので、アゼルは衣服に関してはすべて彼女に任せることにした。

ランドールの甥ジェイクと姪レイラは、アゼルのよい遊び仲間になってくれている。屋敷の探検をしたり、広大な庭で玉遊びをしたり、ランドールがあちらこちらで拾ってきたという犬や猫の世話をしたり、いっしょにおやつを食べたり。とても楽しい。

ジェイクがときどきアゼルを女性のようにエスコートしようとするので、「そういうことはレイラにしてあげて」と言うと怒った顔をするのがちょっと気になるところだ。

彼らの母親ソフィアは物静かな女性で、お菓子作りが趣味だそうだ。上流階級の貴婦人は厨《ちゅう》房《ぼう》に立つことはあまりないそうだが、ソフィアは息子と娘に手作りのおやつを食べさせるのが好きで、材料には独自のこだわりがあると言っていた。彼女が作るクッキーやケーキはとびきり美味《おい》しい。アゼルはおやつの時間がいつも楽しみだった。

ロバートは穏やかな性格をした真面目《まじめ》な男だ。家族をこよなく愛していて、アゼルがジェイクたちと庭で遊んでいるのを、よく眺めている。ランドールのことをオーウェル家の当主としても将軍としても敬《うやま》っていて、「自慢の兄だと思っている」と照れくさそうにアゼルに教えくれたこともあった。

王都マクファーデンは平和だった。けれど大なり小なりの事件は起こるらしく、療養中のランドールのもとに、ときどきルースがやって来る。

その日も、昼下がり、みんな揃ってテラスでお茶を飲んでいるときにルースが訪ねてきた。

「すぐ戻る」

アゼルの肩にぽんと手を置いてランドールは席を立ち、どこかへ行ってしまう。急に寂しさを感じて、つい見えなくなるまで彼の背中を見つめてしまった。

「大丈夫だよ、アゼル。ただの報告さ。向こうの応接間にいる」

ロバートに宥《なだ》められ、冷やしたお茶を飲む。花壇《かだん》のまえに座りこみ、花を摘んでいるレイラとジェイクの様子を、ロバートといっしょに眺めた。

「そういえば、アゼル。陛下からお茶会の誘いが毎日のようにあると聞いた。断ることの方が多いそうだが、どうしてだ？」

「それは……なんだか、お城に行くと、たくさんの人にじろじろと見られて落ち着かないから、ちょっと……」

「ああ、それは仕方がないかな。でも兄さんがいっしょなら、壁になってくれるだろう？」

だから断っているのだ、とはっきり言うのははばかられた。

ヴィンスがアゼルともっと話をしたいと思ってくれたのは光栄だと思っている。しかし――。

（……城にはあの人がいるから）

レジーナに会いたくない。アゼルが城に行けば、絶対にランドールはついてきてくれる。そうしたら、またレジーナとランドールが会う機会を作ってしまうことになる。

休暇が明けて、城に出仕するようになれば、たぶんレジーナと会うことはあるだろう。それを防ぐことはアゼルにはできないと思う。だからこそ、いまは、いまだけは阻止《そし》したかった。

話をしたいと言ってくれているヴィンスには申し訳ないと思う。

「あの、ロバートは、レジーナ様をよく知っているのですか？」

「王家に嫁ぐ前は、たびたび会って遊んでいたからね」

「遊んでいたんですか」

「兄さんから聞いていない？　幼馴染みなんだ」

聞いていない。そんなこと。

「レジーナ様のご実家はレンフィールド家といって、うちとは同格の貴族だ。家同士の仲が良くて、私とレジーナ様は同い年。兄さんは二つ年上なだけだ。子供のころは三人でよく遊んだ。幼いときは兄さんが私とレジーナ様に絵本を読んでくれたり、散歩につきあってくれたり。すこし大きくなってからはカード遊びをしたりした。そのうちレジーナ様が当時は王太子だった前王のローマン様に輿入《こしい》れすることが決まり、そう簡単には会えなくなったけどね」

「そうだったんですか……」

アゼルは仲良くおしゃべりしながら花を摘んでいるジェイクとレイラを見た。もしかしたらこの二人のように、ランドールとレジーナはここで季節の花を摘んだのかもしれない。だからあんなにも親しげだったのか、と合点がいった。

胃のあたりがもやもやして、腹がしくしくと痛んできた。目の前の籠《かご》に盛ってあるソフィアお手製のクッキーが、あまり美味しくなさそうに見えてくる。

「あのころのレジーナ様は、絶対に兄さんを好きだったと思うんだよな」

懐かしい思い出を語るように、ロバートがするりと重大発言をした。

「私のことなんて見ていなかったからね。彼女の青い瞳はいつもいつも兄さんを追っていた。てっきり、レジーナ様は兄さんと結婚して、この家に来るものだと思っていたんだ。愛くるしい女の子は、いつしか綺麗な女性に成長しつつあった。私もレジーナ様にほのかな恋心を抱いていたから、まったく眼中にないことを嘆いてはいたけれど、兄さんに負けるのは仕方がないと諦めがついていた。でもレジーナ様は、王家に嫁いだ。残念だったが、まあ、ローマン様はレジーナ様に惚れきっていたから、王太子妃にと望まれてレンフィールド家は断れないよ。短い結婚生活でも幸せだったたと思う」

アゼルは愕然《がくぜん》と宙を見つめた。

（あのすごく綺麗な人が、ランディを好きだった……？）

黄金色の髪と夏の空のような瞳。完璧《かんぺき》に整った美貌《びぼう》はヴィンスとよく似ていて、凛《りん》と背筋を伸ばして立つ姿には威厳《いげん》があった。王の母親として、きっと国政に目を光らせているだろう。かといって女性らしさはたっぷりあって、胸元の開いたドレスから豊かな乳房《ちぶさ》の谷間が見えていた。ランドールに触れていた手は白く、たおやかだった。

ランドールを愛しているアゼルだからわかる。レジーナはまだランドールを好きだ。

（ランディ……あんなにカッコいいんだから、女の人にモテるのは当然なんだよね、きっと）

自分だって一目《ひとめ》で惹《ひ》かれたのだ。腕っぷしが強くて、頼りになって優しい。しかも大国の将軍ともなれば、女性はみんな秋波を送りたくなるにちがいない。

（……ぼく、オスだし……）

ランドールは愛していると言ってくれるが、はたしていつまでそう囁いてくれるだろうか。

レジーナに迫《せま》られたら、ランドールは応じてしまうのではないかと、アゼルは怖くなる。人間の世界では王族は絶大な権力を持っているからだ。いくらランドールの家が貴族として高い地位にあるとしても、レジーナの意向には逆らえないのではないだろうか。

（ランディをあの人に取られたら、ぼくはどうしたらいいの……？）

急に寒気を覚えて、アゼルは冷たくなった両手をぎゅっと握りしめた。

「アゼル、どうかしたのか？　急に黙って」

ロバートが顔を覗きこんできた。なんでもない、と答えたところでランドールが戻ってきた。その後ろにはルースが付き従っていて、ロバートに軽く会釈《えしゃく》する。

「すまない、急用ができた。ちょっと城まで行ってくる」

まさかレジーナに呼び出されたのか、とアゼルは動揺して腰を浮かせた。

「急用って、どんな？　ぼくは行かなくていいの？」

「宰相が軍の配置のことで話があるそうだ。アゼルは留守番していてくれ」

「ぼくも行きたい」

たとえ呼び出したのが宰相だとしても、城にはレジーナがいる。どこで会うかわからない。会ってほしくなかった。

「今日のところは私ひとりでいい。そのうち毎日のように出仕しなければならなくなるんだ。アゼルはここでのんびりしていればいい」

ランドールは着替えるために自室へ向かう。手伝おうとしたが、もう何年も側近として仕《つか》えているルースの方が手際がいい。アゼルが戸惑っているうちにランドールの身支度は整った。

「アゼル、できるだけ早く帰るつもりだが、もしいつもの就寝時間になっても私が戻らなかったら、先に寝なさい」

「ぼく、すこしくらい遅くなっても待っているよ」

「無理をしなくていい」

優しい笑顔で頭をぽんぽんと叩かれ、まるで子供を宥めるような仕草にもやっとする。アゼルは竜人族の村にいたときの生活習慣がなかなか抜けず、夜更かしは不得意だ。早起きは得意なのだが。

「行ってくる」

騎士服を身につけて、胸に飾ったいくつもの勲章をきらきらと揺らめかせたランドールは、最高に格好いい。遊びに行くわけではない。仕事に行くのだ。伴侶《はんりょ》としては笑顔で見送らなければならないのに、アゼルはどうしても微笑むことができない。

愛馬に騎乗したランドールを、屋敷の玄関で見送った。

「アゼル、球遊びをしようよ」

「ダメよ、アゼルはいまからあたしにご本を読んでくれるの」

ジェイクとレイラがアゼルを取り合いはじめた。いつもなら笑って「順番にね」などと宥めることができるのに、今日はどうしてもランドールが気になり、去って行った方を何度も振り返ってしまう。

そしてその夜、ランドールはなかなか帰ってこなかった。オーウェル家に来てはじめてひとりで眠る夜は、静かすぎて、寂しくて、日没《にちぼつ》とともに眠気が襲ってくるはずなのに、なかなか眠れなかった。

レジーナのことを昼間に聞いたばかりだ。心に受けた衝撃はまだ去っていない。こんな夜は、なにもわからなくなるくらい激しく、ランドールに抱かれたかった。数え切れないほどの愛の言葉と深い悦楽で、すべてを忘れさせてほしかった。

（ランディ、早く帰ってきて……）

祈っているうちに、いつしか浅い眠りが訪れ、うとうととする。いつもならランドールに抱かれ、官能の渦《うず》の中で気を失うように深い眠りに落ち、そのまま朝を迎えるのだ。けれどその夜、アゼルに安眠は訪れなかった。

◇

「どうして……なんで……？」

アゼルの震える声が聞こえてきて、ランドールは目を覚ました。薄く目を開けて、すでに日が上《のぼ》っていることを確認する。カーテンの隙間から差しこんでいる朝日のおかげで、寝室はぼんやりと明るい。

「アゼル、どうした？　起きたのか？」

昨夜は性交をしなかった。急に登城しなければならなくなり、エイムズと軍務について話しこんでいるうちに帰宅が深夜になったからだ。

自室に戻ったとき、アゼルはもう寝台の中で寝息を立てていた。顔を覗きこめば、眉間《みけん》にわずかな皺が寄っている。嫌な夢でも見ているのかな、と気になったが、激しく魘《うな》されているわけではなかったので、そっとしておいた。

本心では、愛らしい寝顔にくちづけのひとつでもしたかった。しかし、無防備なアゼルに触れてくちづけひとつで済ませられる自信がなかったランドールは、なにもしなかったのだ。

ランドールは自分の性欲が、アゼルと出会ったことで旺盛になっている自覚があった。人肌の心地よさを知ったばかりの十代の頃とて、ここまでではなかったのに。きっとアゼルが魅力的過ぎるのだろう――そんなことを考えながら、昨夜はアゼルに近づきすぎないよう、広い寝台の端に寄って身を横たえたのだった。

「ランディ、どうしよう、ぼく、わけわかんない……」

「ん？」

涙声で訴《うった》えられて、ランドールはただ事ではないと頭を起こす。寝台の上に座りこんで愕然《がくぜん》としている少年を見つけた。

十三歳の甥のジェイクと同い年くらいの少年は愛らしい丸顔で、輪郭《りんかく》を縁取《ふちど》るようにしたふわふわの癖毛《くせげ》は灰青色。着ている寝衣はぶかぶかで、鎖骨《さこつ》が丸見えになっている。

「アゼル？」

街道沿いの小川ではじめて会ったときの姿だった。驚きのあまり硬直したランドールに、少年は水色の瞳をじわりと潤《うる》ませる。

「手が……こんなにちっちゃい……。服も緩《ゆる》くて……。元に、戻っちゃったの？　ぼく、せっかく、大人になれたのに、こんな……子供のままだったら、竜になっても、ランディを背中に乗せて飛べないよ……っ」

「待て、待て待て、泣くな。落ち着け」

宥めながら、一番慌てているのは自分かもしれない、とランドールは思った。

おろおろと視線を泳がせながら、どうすればいいのか考える。昨日の夜までは大人だったのだ。年齢相応の姿になってから、一度も子供に戻ったことなどなかった。夜中のうちになにかあったのだろうか。いや、ずっとひとつの寝台で眠っていたはず。なにか異変があったら気づく。

「アゼル、元に戻ってしまった原因に、心当たりはあるか？」

「心当たり……？」

「体調が悪かったとか、ないか？　頭が痛いとか、手足の節々が痛むとか、なにか変なものを食べたとか、悪い夢を見て寝苦しかったとか――」

アゼルは考えこみ、しばらくしてから首を左右に振った。

「わからない……」

「連日求めすぎて疲れさせてしまったのではないかと、すこし反省するところがあったのだが、その点についてはどうだ？」

「求めすぎなんて、そんなことはないよ。ぼく、嬉しかったから、それは関係ないと思う」

「そうか」

アゼルはオーウェル家の屋敷から出ない生活を送っている。家族以外に会っていないから、急な変化はないはず。とはいえ、アゼルは微妙な立場なので、だれかから心ない言葉をかけられたのかもしれないと思い至る。

（もしかして、精神的なことが体に作用したのか？）

激しい衝撃を受けたり、落ちこむようなことがあったりしたのかもしれない。

アゼルは竜人族の中でも特殊な成長過程をたどっている。長いあいだ成体になれず、ランドールと出会ってやっと大人の体を手に入れたのだ。まだ不安定なのだとしたら、子供に戻ってしまったのも一時的なことかもしれない。

「アゼル、心配するな。そのうち大人の体に戻れる」

「本当？　ランディはわかるの？」

「た、たぶん……」

半泣きの顔で縋《すが》るようにされると、あまりの可愛らしさに目眩《めまい》がする。これはアゼルで、中身は大人だとわかっていても、華奢《きゃしゃ》な肩を抱き寄せる腕に罪悪感を覚えた。

「昨日、本当になにもなかったのか？　だれかになにか言われたとか、ないか？」

「……その……」

アゼルが俯《うつむ》いて口をもごもごとさせる。やはりなにかあったのだ。アゼルを精神的に不安定にさせるような暴言を吐いた輩《やから》がこの屋敷内にいるとしたら、それは当主としてゆゆしき問題だ。糾弾《きゅうだん》しなければならない。

「ランディは、レジーナ様のことをどう思っているの？」

「は？」

いきなり王太后の名前が出てきて、ランドールはぽかんとした。

「レジーナ様と幼馴染みなんでしょう？　子供のころは、よく一緒に遊んだって。それで、レジーナ様はきっとランディのことが好きだったたって、ロバートさんから聞いた」

「ロバートがそんなことを？」

「このあいだ、お城でレジーナ様がランディの体に触れているのを見て、ものすごく嫌な気分になったんだ。それがどうしてなのか、ロバートさんの話でやっとわかった……。レジーナ様は王様のお母様なんでしょう？　ランディのことを欲しいって言われたら、ぼく、どうしようって思って、それで、昨日は――」

めそめそと泣きはじめたアゼルを抱きしめて、柔らかな癖毛にくちづける。

「アゼル、それはロバートの勝手な解釈《かいしゃく》だ。レジーナ様は私のことなど欲しがっていないし、もしそう言われたとしても私にはもうアゼルがいる。私のすべてはおまえのものだ」

「本当？　レジーナ様のところには行かない？　ランディの全部が、ぼくのもの？」

「血の絆を結んだのだから、そういうことだろう。違うのか？」

「……違わない」

「逆に、アゼルのすべても、私のものだ」

「そうだよ、ぼくのすべてはランディのものだよ！」

アゼルがしがみついてきた。細い背中を抱いて膝の上に乗せ、涙を唇で吸い取ってやる。

生涯の伴侶と誓いをたてた相手を悩ませた犯人が実弟だと判明し、ランドールは内心で天を仰《あお》いだ。だがロバートに悪気がなかったのはわかっている。兄とアゼルの本当の関係を知らなかったのだから仕方がない。

子供に戻った姿を見られたくない、と言うアゼルを寝台に置いて、ランドールは部屋を出た。

厨房まで足を運び、自分とアゼルは食堂ではなく自室で食事を取るから運んでくれと頼む。

その足でロバートの部屋まで行った。弟はすでに身支度を整え、起きたばかりの息子たちに着替えるよう促しているところだった。ソフィアは隣室で着替えの最中らしい。

「兄さん、おはようございます」

「おはよう。ロバート、ちょっと話がある。来てくれ」

「いまですか？」

「いますぐだ」

いきなりの命令に驚いた顔をしたロバートだが、息子たちを使用人に任せて部屋を出てきた。

書斎に場所を移し、二人きりになる。ここならだれにも話を聞かれることはない。

「なにかありましたか？」

いつになく深刻な様子のランドールに、ロバートが聞いてきた。

「昨日、アゼルにレジーナ様の話をしたらしいな」

「ええ、しましたよ。聞かれたので、幼馴染みだと」

「他には？　レジーナ様が私のことを好きだったとかどうとか、言っただろう」

「言ってはだめでしたか？」

「だめに決まっているだろう」

「それは……すみませんでした」

ロバートは謝罪しながらも、釈然としていない顔つきだ。

「でも本当のことですよね。レジーナ様が王家に嫁ぐことが決まる前、私はてっきり兄さんと結婚するものだと思っていました」

「おまえ……」

にわかに頭痛を覚えた。ランドールとてレジーナの気持ちにまったく気づかなかったわけではない。そのくらいあからさまにレジーナはランドールを熱っぽく見つめていた。夫に先立たれたレジーナが、最近になってふたたび秋波を送るようになってきたことも感じている。

だからといって、ランドールはレジーナとどうこうするつもりはない。彼女は王族の一員だ。騎士として、ランドールは王族と国を守る。アゼルと出会う前から、その気持ちは一切ブレることなくランドールの中に一本の芯となってそこにある。

「おまえのその余計な話のせいで、アゼルは体調を崩したぞ」

「えっ？　アゼルが？」

「しばらく私の部屋で休ませるから、おまえからジェイクとレイラに言っておいてくれ」

「わかりました。よく言い聞かせておきます」

ジェイクとレイラの二人はアゼルが大好きだ。代わり映えのしない毎日に竜人が現れたのだから興味を抱《いだ》くのは当然だろう。アゼルは療養中だと言っておかないと、ランドールの部屋に突撃していきそうだった。

「しかし……どうして私の話でアゼルがそこまで……？　竜人族はそんなにも繊細《せんさい》な生き物なんですか？」

「竜人族がみんな繊細かどうかはわからないが、アゼルは特別だ。私と生涯をともにすると誓った」

「血の絆というやつですか」

「それもあるが、つまり……アゼルは私にとって大切な存在だ」

「それはそうでしょうね」

察しが悪いロバートに、ランドールは苛ついた。

「恋人だと言っている」

「…………え？」

唖然と口を開いたまま、ロバートが動かなくなった。我に返るまで待っていようと思ったランドールだが、弟が心を彼方《かなた》に飛ばしたままなかなか戻ってこないので、ため息をつく。

「そういうわけだから、アゼルを動揺させるようなことは、今後一切言わないようにしてくれ。話さなければならないことがある場合、私から伝える」

「あ、あの、母上はこのことを……？」

やっと喋られるようになったロバートが掠《かす》れた声で疑問を口にする。

「話していない。アゼルとの本当の関係について承知しているのは、いまのところルースだけだ。隠し通すつもりはなかったんだ。頃合いを見て、打ち明ける予定ではあった。いつまでも秘密にしておけるとは思っていなかったからな」

「……そうだったんですか……」

ロバートは「はぁ」と大きく息をつき、近くにあった椅子に座った。

「だからアゼルは兄さんの部屋で寝起きしているわけですね」

「そうだ。夫婦同然だと思ってくれて構わない」

「夫婦……」

ロバートが遠い目になる。自分で言っていて、ランドールは夫婦という言葉の響きに恥ずかしくなった。

「ロバート、そろそろ出仕の時間だろう。まだ食事を取っていないんじゃないか？　朝から時間を取らせてすまない」

「いえ、それはいいです。アゼルのこと、打ち明けてくれて良かったです」

最初の衝撃からやっと立ち直ったらしいロバートが笑いかけてくれて、ランドールはとりあえずホッとした。

「……そのうち、もっと時間を取ってもらうかもしれない。アゼルのことで、色々とおまえに話しておかなければならないから」

寿命の問題についても、打ち明けておきたかった。

「わかりました」

ロバートと一緒に書斎を出た。廊下の途中で別れ、ランドールは自室に戻る。居間のテーブルに朝食の用意が整っていた。「アゼル、私だ」と声をかけながら、締め切ってある寝室の扉を開く。カーテンが閉められたままなので中は薄暗く、寝台の上には布団がこんもりと小山を作っている。

「アゼル、おいで。食事をしよう」

もぞもぞと布団が動き、少年の姿をしたアゼルが顔を出した。巣穴から恐る恐る外界の様子を見ている小動物のようで、つい相好《そうごう》が崩れる。

「……だれも、いない？」

「いないから安心して出てこい。二人きりだ」

そのそと布団から出てきたアゼルは、当然体に合っていない寝衣のままだ。とはいえ、いまのアゼルにぴったり合う服となると、ジェイクから借りなければならない。事情を説明するとややこしくなりそうだし、数日中に大人の体に戻ることができれば必要なくなる。

ランドールはアゼルにガウンを着せて、腰紐《こしひも》をきつく結んだ。二人きりの食事は久しぶりで、アゼルはちょっと嬉しそうだった。ランドールも出会ったばかりの頃を思い出して、のんびりと食事を楽しんだ。

ロバートは約束したとおり甥たちにアゼルの体調を伝えてくれたらしく、その日、アゼルを訪ねてジェイクとレイラがランドールの部屋に来ることはなかった。

来たのはエイムズだった。意外な訪問者に、ランドールは驚いた。

「私に用があったなら城に呼び出してくれればよかったのに」

内密の話があるというのでエイムズを書斎に通す。エイムズは城で会うときは宰相らしく仰々《ぎょうぎょう》しい衣装を身につけているが、いまは地位が高い貴族とは思えない、地味な服装をしていた。まるで研究費の工面に苦労している学者のようだ。

「今日は竜人族のことでちょっとした報告があったから寄らせてもらっただけだ」

「なにかわかったのか?」

期待して尋ねたランドールの顔を、エイムズはじっと見つめる。

「なんだ?」

「……おまえ、かなり肌の色艶《いろつや》がいいな」

いきなりなにを言い出すのか。他人の体調などめったに言及したことがない――仕えているヴィンスだけは例外らしい――エイムズの発言に、ランドールは一歩引いた。

「もっとよく見せろ」

エイムズは胸の隠しから片眼鏡を取り出し、レンズ越しにさらにまじまじとランドールを観察する。

「やっぱり肌の張りがいい。まるで二十代だ。おまえは私より二つ年下のはずだから、いま三十五歳だな?」

「そうだが……どうしたんだ？　ふざけているのか？　それとも、なにかの健康食品でも売りつけるつもりか？」

「微塵《みじん》もふざけていない。じつは竜人族についての文献がどこかに残っていないか、国中の学者や希少な書籍の収集家に手紙を出していた。その結果、古都シーゲンターラーにある、教会所有の書庫に、八百年ほど前の騎士の日記が保管されていることがわかった。どうやら竜人族と血の絆を結んだ騎士らしい」

「それはすごい発見だ」

シーゲンターラーという街は、この地にサルゼード王国ができる前からあったと言われている。大陸最古の街にある教会の書庫ならば、そうした日記が保管されていたとしてもおかしくない。

「私に連絡を寄越してくれた修道士が、日記の内容について奇妙なことを言っていて……」

「奇妙なこと？」

「アゼルのあの鱗の色は生まれつきか？」

「そう聞いている。竜人族の中では珍しい色だそうだ。ほとんどは自然に溶けこめる深緑色か黒褐色《こっかっしょく》に近い色で、アゼルの色は目立ちすぎると言っていた」

「なるほど。他には生《お》い立《た》ちで変わったことは？」

「……それがなにか、日記の内容に関係があるのか？」

「ありそうだから聞いている」

エイムズが言い切るものだから、ランドールは信用してアゼルの生育歴を語った。

「なるほど、かなり特殊だ。もともと多産ではない竜人なのに、あの子の母親は無理をして二十五個も卵を産んだのか。卵のまま十年間も孵化《ふか》せず、その後、孵化したはいいが二十年たっても成体になれなかった――」

「アゼルのせいで王妃が亡くなったと認識され、アゼルは村で虐《しいた》げられていた。唯一の味方は長老だけだった」

「一人で村を出てきた理由はそこか」

うむ、とエイムズは頷く。

「日記を残した騎士の竜人は、もしかしたらアゼルと似た境遇の持ち主だった可能性がある」

「なんだと？　本当か？」

「いま急ぎ取り寄せている。一月以内には届くはずだ。なにかわかるといいんだが……」

エイムズが深刻な表情で押し黙る。彼を悩ませているのが自分とアゼルのことだと思うと、申し訳ない。慕《した》ってくるアゼルを放っておけなくて懐に入れることにしたときは、先のことなどなにも考えていなかった。浅慮《せんりょ》だったと思う。

しかしランドールが自分のものにしなければ、アゼルは他のだれかに所有され、不幸になっていたかもしれない。たとえばコーツ王国に囚《とら》われの身になり、悪用されていたかもしれないのだ。

「そういえば、オーウェル将軍、コーツ王国のことだが」

ちょうどかの国について考えていたのでランドールはびっくりした。

「あの国がどうかしたのか？　アゼルを共有しようなどというふざけた申し出は断ってくれたのだろう？」

「もちろん断った。だがしつこく手紙を寄越してきている。やはり気をつけた方がいい」

「諦めていないのか……」

「あの国の底なしの欲望は恐ろしいほどだ。伝説の竜が我が国に現れたことは、近隣諸国にじわじわと知られはじめている。しかしあからさまに竜を求めてくる国はない。我が国は強大だ。わざわざ怒らせようとする無謀《むぼう》な国はない。コーツ王国を除いては」

「……わかった」

エイムズの忠告をありがたく受け取り、ランドールは玄関で見送った。

◇

「……えっ……？」

ランドールの言葉に、アゼルは首を捻《ひね》った。今夜から別々の寝台で休もうと言われたように聞こえた。たしかにアゼルの寝台は別に用意されている。けれど、一度も使ったことがない。オーウェル家に来てから、毎晩ランドールに抱かれて眠っているからだ。

「体が元に戻るまで、アゼルはあの寝台を使いなさい」

聞き間違いではなかった。ランドールは真顔で寝室の隅に置かれた寝台を指さす。アゼルは意味がわからなくて——というか、そうしなければならない理由が思いつかなくて、戸惑うばかりだ。

子供の体で目覚めた一日が過ぎ、夜になっている。ランドールがアゼルの世話を焼いてくれ、入浴を済ませたところだった。

結局、アゼルはランドールの部屋から一歩も出ずに過ごした。明日はどうなっているのか、成体に戻れたらいいのだけど、とため息をつきながら寝台に入ろうとしたところ、ランドールに制止されたのだ。

「どうして？　ぼく、なにか悪いことした？」

「いや、罰《ばつ》として別に寝ようと言っているわけではない」

「じゃあ、どうして？　わからないよ」

せっかく大人になれたのに子供の体に戻ってしまい、アゼルは不安でいっぱいだ。こんなときこそ、ランドールに抱きしめてもらいたいのに。「大丈夫だ」と囁いてもらいながら眠りたいのに。

「アゼル、わかってくれ。私は君を愛している。本当に愛しているんだ」

「ぼくもランディのことを愛しているよ」

「アゼル……」

ため息をつきながらランドールが抱きしめてくれた。力強い腕にぎゅっとされると安心できる。胸の鼓動《こどう》の響きに陶然としてしまう。アゼルは、もうこれがないと眠れない。それなのに、ランドールがアゼルの体を引き剝がすようにして離した。

「ランディ？」

苦しそうな表情をしているランドールは、アゼルから目を逸らした。

「頼むから、大人の体に戻れるまで別の寝台で寝てくれ。そうでもしないと、私は……少年のアゼルに無体なことをしてしまいそうなんだ。いくら恋人でもそれはまずいだろう」

「無体なことってなに？」

「それは、その、毎晩私が君にしているようなことだ」

「してもいいよ。どうしてだめなの？」

素朴《そぼく》な疑問をぶつけたら、ランドールがギョッとしたような顔になった。

「いやいや、だめだろう。倫理に反する」

「ぼくはぼくだよ。体は小さくなっちゃったけど、中身は変わっていない。変わったのは外見だけだ。いつもみたいにぼくを抱いて」

「だから、それはできない。年端もいかない少年に、大人が性的な行為をしてはいけないんだ」

「ぼくは大人だ。子供じゃない！」

「わかっている、わかっているが、一応やめておこう。な？」

ランドールは完全に駄々をこねる子供に言い聞かせる口調になっている。アゼルがなにを言っても、ランドールは決めてしまっているようだった。アゼルが大人の体に戻るまで、ひとつの寝台では寝ない、と。

（それってつまり、ぼくが成体になれなかったら二度と抱いてはくれないってこと？）

あまりの絶望感に、アゼルは言葉を失った。

「さあ、寝よう」

アゼルの手を取り、ランドールは部屋の隅の寝台に連れて行こうとする。

「いやだ。ぼくはランディと一緒に寝る。こっちの寝台はいやっ」

「頼むから一人で寝てくれ。これからずっとというわけではない」

「でも、ぼくの体がこのままだったら、ずっと別々ってことになるんでしょう？」

ランドールは口籠《くちご》もって答えない。当たっているからだ。

「ひどい、ランディ……」

「わかってくれ」

「わからないよ。ぼくだったら、たとえランディが違う姿になっても、別の寝台で寝ようなんて言わない。絶対に言わないっ」

「アゼル、聞き分けてくれ」

「ぼくがずっとこのままだったら、ランディはどうするつもり？　別のだれかを抱くの？　ぼくにしたみたいに、体中にくちづけるの？　そんなの嫌だ！」

「だれにもそんなことはしない」

「嘘だ、そんなの嘘。だってランディ、毎晩しても余るくらい元気じゃないか。レジーナ様に誘惑されたらどうする？　絶対に断れなくてグラつくよ。あんなきれいな人、絶対に――」

「馬鹿なことを言うな！」

ランドールの本気の怒鳴り声を、アゼルははじめて正面から浴びせられた。空気がびりびりと振動するような怒声に、愕然とする。怒りの形相もはじめて見るものだった。

（怒った……ランディが本気で……ぼくに怒った）

怒らせたのは自分だ。それだけ言ってはいけないことを言ったのだ。じわりと視界が潤む。怒られて泣くなんて子供のようなことはしたくないのに、涙が溢《あふ》れてきた。

「アゼル、大きな声を出してしまってすまない」

ひとつ息をついたランドールが手を差し伸べてくる。いまは触れられたくない。抱きしめられてくちづけられたら、アゼルの気持ちはうやむやにされてしまうし、暴言の反省もできなくなってしまう。

アゼルは駆け出した。窓へと突進していき、カーテン生地をかき分ける。窓を大きく開けると、夜空に丸い月が浮かんでいた。バルコニーに出て、手すりに乗り上げる。ランドールの部屋は三階だ。地面までかなりの距離があった。構わずに、夜の冷えた空気に身を躍らせた。

「アゼル！」

素早く竜体に変化する。身に纏《まと》っていた寝衣が難なく裂け、翼をはためかせると、布切れがひらひらと風に乗って庭に散っていくのが見えた。

「アゼル、戻ってこい！」

上空から見下ろしたバルコニーには、ランドールの姿があった。竜体に変化したものの、アゼルはやはり小さいままだ。きっとレイラですら背中に乗せて飛ぶことはできない。

大人になることができて、ランドールの役に立てると思っていた。対等に愛し合い、戦場では支え合い、彼が望むなら背中に乗せて世界中のどこへでも飛んでいくつもりだった。

小さいままのアゼルでは、ランドールのために働けない。この屋敷で、出陣《しゅつじん》していったランドールをただ待つだけの生活なんて、望んでいない。もしそうなったら、ランドールを嫌いになってしまうかもしれない。

そんなことを考える自分が情けなくて、役に立てない自分が悲しくて、胸が張り裂けそうだ。

オーウェル家の上空を未練がましく何度かぐるぐる回った後、アゼルは市街へと飛んだ。

王都マクファーデンは治安がいいと聞くが、やはり夜間は人がいない。賑やかなのは花街くらいだった。

（どうしよう、これから……）

勢いで屋敷を飛び出してきたものの、行く宛《あ》てがあるわけではない。竜は夜目が利《き》くので夜でも飛べるが、城壁の外へ出ていく勇気がなかった。王都の外は広大な農地が広がっている。アゼルが身を隠せる森は遠かった。かといって王都内に大鷲並みの大きさがあるアゼルがゆっくり休めるような大木はない。

仕方なくオーウェル家の近くにまで戻ってきて、細い街路樹の枝にとまった。街路樹は小鳥たちの住処《すみか》だ。彼らにしてみれば異形《いぎょう》の侵入者なのだろう。アゼルに対して攻撃的な空気をぶつけてくる。長居はできない。

（……ランディ、心配しているかな……）

飛び出していったアゼルを彼が心配しないわけがない。ランドールはそんな薄情な男ではないと、アゼルが一番よく知っている。夜の空を飛び回って、すこし頭が冷えたせいかもしれない。今夜はとりあえず屋敷に戻って、ランドールに謝罪しようか――と、アゼルが考えていたときだった。

「いたぞ、ここだ！」

街路樹の下で男の声がした。ギクッとして視線を向ければ、網《あみ》を手にした男たちが数人、アゼルがとまる街路樹の下に集まっていた。

男の一人が街路樹を蹴《け》った。細い木がぐらりと揺れ、驚いた小鳥たちが慌てて飛び立つ。

「ほら、そっちに回れ」

「飛びそうになったら矢で射ろ。ただし狙うのは翼だ。胴体は傷つけるな。生け捕りにすることが条件だ。こいつを捕まえられたら、一生遊んで暮らせるだけの報酬《ほうしゅう》がもらえるぞ！」

静かな住宅街に野太い声が響いたが、周囲の家々の窓はしっかりと鎧戸《よろいど》が閉められていて、なんの反応も示さない。街の人は身を守るために余計な詮索《せんさく》はしないのかもしれない。

「オーウェル家を見張ってて正解だったな。まさか竜がみずから外に出てきてくれるとは」

アゼルは愕然とした。まさかこの国に、オーウェル将軍の竜を捕まえようとする輩がいるとは、想像もしていなかった。アゼルは国王に認められ、将軍の側近として軍籍に名を連《つら》ねたはずなのだ。

「聞いていた通りだ。昼間ならまだしも、夜は目立つ色をしているな」

「あの鱗、一枚くらい剝《は》がしてもわからないと思わないか？　戦利品としてもらいたいぜ」

「そうだな、花街で女に見せたら喜びそうだ」

「俺も欲しい！」

男たちは恐ろしいことを口々に言っている。

(逃げなくちゃ！)

アゼルは翼を広げた。枝を蹴り、ふわりと宙に浮く。その直後、放たれた矢が翼の皮膜に当たった。一瞬、平衡《へいこう》感覚が乱れる。その隙に網を投げられた。体に網が絡みつき、翼が動かせなくなる。アゼルは石畳《いしだたみ》の道にドッと落ちた。胸を強く打ち、一瞬、息ができなくなる。

「捕まえたぞ！」

「やった、竜だ！」

男たちがアゼルを取り囲み、網ごと持ち上げる。成体だったなら男たちにそう易々《やすやす》と捕らえられることはなかっただろう。体の痛みと悔しさに、アゼルは泣きたくなった。

『ランディ、助けて、ランディ！』

救いを求める相手はランドールしかいない。役に立つどころか迷惑をかけてしまうが、捕らえられてどこかへ連れ去られたら――二度と会えなくなったら……想像しただけで辛《つら》くて頭がおかしくなってしまいそうだ。

「おい、見てみろ。なんて瞳だ。吸いこまれそうな色をしている」

「ホントだ。片目だけもらってもいいかな」

ニヤニヤと笑いながら、男の一人が短剣を鞘《さや》から抜いた。アゼルの目にそれを突き立てるつもりなのか。別の男は剣でアゼルの背中を軽く突いた。

「どうやったら鱗は剝がせるんだ？」

「刺してみろよ。致命傷は与えるなよ。生きていないと報酬は満額もらえないぞ」

「わかってるって」

アゼルは網に搦《から》め捕《と》られたまま戦慄《せんりつ》した。

「そこでなにをしている！」

鋭い声がかかった。石畳の道を走ってくるのは、ランドール。部屋着の上にマントを羽織っただけの格好で、右手に剣を持っている。その後ろには、数人の警備兵が従っていた。

「やべぇ、逃げろ！」

アゼルを抱えて男たちが一斉に駆け出した。

「うわぁ」

警備兵が放った矢が男の一人に当たった。仲間が倒れても男たちは見向きもせずに逃げる。

「竜を離せ！」

ランドールの声は確実に近づいていた。男たちのだれかが舌打ちし、背負っていた弓と矢を手にする。振り返りざまに放った。

『ランディ！』

アゼルは悲鳴を上げた。矢はランドールに当たらなかったが、警備兵の一人に刺さった。

『やめて、やめて、ランディに当たってしまう！』

網に搦め捕られた体で必死にもがいた。だめだ、ぜんぜん拘束が緩まない。自分を抱えている男の腕を、嘴《くちばし》で思い切り突いた。

「ぎゃぁっ」

いきなりの激痛に、男は思わずといった感じでアゼルを放り出した。着地の体勢など取れるはずもなく、アゼルは網ごと石畳に落とされた。今夜だけで二度目だ。翼をケガをしているせいか、全身の痛みに動けなくなってしまった。

◇

助けを求めるアゼルの心の声が、頭の中に直接届いてくる。ランドールは導かれるようにして小竜の拉致《らち》現場にたどり着いた。腰に佩《は》いた剣を抜き、「そこでなにをしている！」と叫びながら男たちに斬りかかる。

「竜を離せ！」

そう簡単に離すはずがないとわかっていたが怒鳴った。アゼルは網に搦め捕られ、男の一人に抱きかかえられている。体が自由に動かせないらしい。もしかしたら、どこかケガをしているのかもしれない。

「私の竜になんてことをしてくれる！」

怒りのあまり、頭に血が上った。なにがあろうと常に冷静でいられることがランドールの自負だったが、いまは完全に感情で動いていた。

男たちは明らかにアゼルを捕らえることだけが目的のようだった。だれかに雇われたとみて間違いない。生け捕りにして雇い主を白状させなければならなかった。それなのにランドールは力任せに剣を振るい、男たちを斬って捨てる。

アゼルが自分を抱えている男の腕を嘴で突いた。男の悲鳴とともに血が吹き出て、アゼルは道に放り出される。

「アゼル！」

自分とアゼルのあいだに立ちはだかる邪魔者をすべて斬った。アゼルを網ごと抱き上げ、ホッと安堵《あんど》した、そのときだった。背中に重い衝撃を受けた。

「将軍！」

警備兵の叫びに、ランドールは自分が背後から斬られたのだと悟る。

たしかにアゼルに気を取られ、背中ががら空きだった。窓から外に飛び出したアゼルを即座に追いかけたため、甲冑《かっちゅう》など身につけていない。丈夫な布で縫われた騎士服すら着ていなかった。薄い部屋着にマントだけの軽装だった。金で雇われたならず者の古びた剣でも、容易に致命傷を負わせることができる。

（不覚だ……）

痛みはあとから襲ってきた。背中から血が溢れ、マントをびっしょりと濡らしていくのがわかる。しかしランドールは抱えこんだアゼルは離さなかった。まだ立ち向かってくる男に応戦する。全身から力が抜けていく中、気力で立ち、剣を振るった。

『ランディ、どうしたの？　ケガしたの？　ランディ？』

　ふらつくランドールに異変を感じたか、アゼルが懸命に呼びかけてくる。

「大丈夫だ」

　こんなところで死ねない。もし自分が死んだら、血の絆を結んだアゼルはどうなる？　気が狂うのか？

「将軍、こちらへ」

　警備兵に誘導されて、道の端に座らされた。

「賊は？」

「すべて捕らえました。半数が死にましたが、軽傷で捕らえた者もいます」

「手当てをしたあと、すぐに尋問《じんもん》しろ。雇い主がいるはずだ。吐かせろ」

「はっ」

　警備兵たちが手分けして男たちに縄をかけている横で、ランドールはアゼルの体に絡みついている網を解いた。

「アゼル、ケガはないか？　ああ、翼の皮膜に穴が開いているな」

『ぼくの穴なんかたいしたことはないよ。ランディ、血の匂いがする。すごくたくさんの血の匂い。これはランディのものだよね？　やっぱり酷《ひど》いケガをしたの？　どこ？　見せて。ぼくが舐《な》めて治してあげる』

クルルルと竜の鳴き声と同時に、頭の中にアゼルの切羽詰《せっぱつ》まった声が届く。灰青色の鱗が、白い月光を浴びて宝石のようにキラキラと輝いていた。水色の瞳がランドールを見つめる。

「ああ……おまえはなんて美しいんだ……」

失血のせいか、頭がぼんやりとしてくる。気を失ってはだめだとわかっていても、斬られた背中の痛みすら薄れてきた。

「ランディ！」

膝の上でアゼルが竜体から人間の姿になった。驚いたことに大人のアゼルだ。水色の瞳から涙を溢れさせて、「死なないで、ランディ」としがみついてくる。なにがどうして大人に戻れたのか考えるのはあとにして、ランドールは慌てて立ち上がった。背中にアゼルを隠すように立ち、警備兵の一人に命じる。

「マントを貸せ」

戸惑う警備兵から追い剝ぎのようにむしり取り、アゼルの裸体にマントを羽織らせた。自分のマントは破れているし血だらけだ。しかし隠せたのは腰から上だけで、足は剝き出し。警備兵たちはおそらく気を遣ってじろじろと見ることはないだろうが、ちらりとでも他の男の目に晒《さら》されたかと思うと冷静ではいられない。自分でも驚くほどの独占欲だ。

「アゼル、どうしていきなり大人に戻れたんだ？」

「わからない。ランディを助けなくちゃと思ったら、こうなってた」

少年のアゼルは愛くるしかったが、やはり青年のアゼルの方がいい。石畳の道に裸足で立つアゼルは、どこか儚《はかな》げで幻想的だった。

「ランディが大ケガをしたなら、ぼくが背中に乗せて運んだ方が早いかもって考えたんだ。子供のままじゃ乗せられない。まずケガの具合を見なくちゃ、両手が使えないと不便だからまず人間の姿に戻って——って……とにかく必死だった。そうしたら、いつの間にか……」

すべてのきっかけは自分なのか、とランドールは健気なアゼルを抱きしめる。この無垢《むく》な心を持った竜人の頭の中は、血の絆を結んだ男のことでいっぱいなのだ。

「あれ？」

アゼルが首を傾げる。鼻をひくひくと動かして、きょとんとした顔で見上げてきた。

「血の匂いが……薄れたみたい。出血、もう止まった？」

まさか、と思ったが、たしかに背中の激痛は引いている。大量に失血したのは確かだ。背中一面、マントと服がべったりと濡れている。血は腰より下にも染みたらしく、ズボンが尻のあたりまで血に濡れた冷たい感触がした。

かなりの深手だったと思う。それがどうして、ふらつくこともなくしっかりと立っていられるのか。

「将軍、すぐに馬車が到着します。医師のところへお運びしますので、それまで安静に——」

走り寄ってきた警備兵にふたたび座るよう促されたが、ランドールは「医師は必要ない」と断った。感覚でわかる。自分はもう大丈夫だ。なぜなのか、理由はまったくわからないが。

「本当に医師のところへは行かないのですか。大丈夫ですか」

しつこく食い下がる警備兵を宥めて、ランドールはアゼルとともに馬車で屋敷に戻った。

深夜だったため、出迎えたのはロバートと執事だけだ。ロバートは軍服を着ていた。飛び出したアゼルを探しに行くときに声をかけたので、いつでも捜索に加われるようにと準備して待っていてくれたようだ。

血まみれで帰宅したランドールと半裸のアゼルに目を白黒させているロバートに、アゼルが襲われたこと、捕らえた賊は警備兵が軍の施設に連れて行ったことを話す。襲われたときのアゼルは小竜だったわけだが、それについては「竜体時の大きさは、あるていど本人が制御できる」と嘘をついた。ロバートは特に疑うことなく、「事後処理は任せてください」と、軍に出かけていった。

執事には体を拭くための湯と布の用意だけをお願いし、あとは自分たちでやるからと下がらせた。まずアゼルの手足を湯で洗い、あたらしい寝衣を着せてやる。そのあとで、ランドールは血で汚れた服を脱いだ。湯に浸《ひた》した布でアゼルが背中の血を拭ってくれる。

「ランディ、傷はあるにはあるけど、うっすらと斬られた痕《あと》があるだけだよ……」

困惑するアゼルの指摘に、そんなはずはないと鏡で自分の背中を映してみる。

「本当だ」

右肩から左の腰あたりまでに一直線の痕は確認できたが、大量の流血があったとは思えないほどの浅い傷だ。服はたしかに切れていた。出血があったのも本当だ。それなのに、傷だけがない。というか、治っている？

「……これはいったい、どういうことなんだ？」

ランドールとアゼルは顔を見合わせた。まるでアゼル並みの治癒力《ちゆりょく》だ。矢傷の治りも早いと思っていたが、これは異常だ。

「血の絆を結ぶと、人間の体は竜人並みに丈夫になるのか？」

「わからない」

アゼルは首を横に振り、もう一度ランドールの背中をまじまじと見る。

「痛みはある？」

「ない」

「そっか……不思議だね。でもよかった、すぐに治って。血がたくさん出て、ランディが死んでしまうのかと思って怖かったから」

背中にアゼルがもたれ掛かってきた。そしてランドールの存在を確認するように、剝き出しの上半身にてのひらを這《は》わせてくる。肩甲骨《けんこうこつ》のあたりに柔らかな感触が当たり、チュッと軽い音が聞こえた。アゼルが背中にくちづけたのだ。

そんなことをされたら我慢できない。振り向いてアゼルを抱きしめた。大切な存在を奪われなかったことを確かめたくて、唇を重ねる。深く重ね、舌を絡めた。愛しさが情欲となって体に満ちてくる。

ランドールはくちづけを解かないまま、アゼルを抱きかかえるようにして寝台に運んだ。横たえた痩身《そうしん》の上に覆いかぶさる。

「アゼル」

白い頬を撫でた。潤んだ瞳がじっと見つめてくる。可愛くてたまらない。

「ランディ……」

「アゼル、無事でよかった。もうあんな無茶はしないでくれるとありがたい」

「うん、もうしない。ごめんなさい。すごく怖かった……」

「これからも希少な竜を狙う輩は出てくるだろう。私はできる限りのことをしてアゼルを守るつもりだ。だからアゼルも、自制して身を守る努力をしてくれ。とりあえず私の側を離れないでくれればいい」

「うん、離れない。いつも一緒にいたい」

だから抱いて、と愛しい人に甘えた声でねだられて――しかも深夜の寝台の上で――断れる男がこの世にどれほどいるだろうか。

ランドールは着せたばかりの寝衣をアゼルの体から剝ぎ取った。ほのかに発光しているように見える、美しい裸体に目を細める。すべてにくちづけたい。すべてに舌を這わせ、味わい、アゼルを悶《もだ》えさせたい。その衝動のままに、ランドールはアゼルの胸に舌を伸ばした。

「あっ」

ぴくんと肩を揺らし、アゼルが軽くのけ反る。刺激に反応して尖ってきた胸の飾りを吸い、甘噛みした。切ない響きを持つ喘ぎ声を心地よく聞きながら、あちらこちらにくちづける。吸いつくような手触りの肌に頬ずりし、両足を広げさせた。性器はすでに勃っている。

「ああっ、いや、しないでっ」

握りこむとアゼルは声を上げて嫌がった。まだはじまったばかりなのに達してしまいそうなのだろう。先端から綺麗な露が溢れてきて、ランドールの指を濡らす。上下に擦《こす》れば淫《みだ》らな水音がたった。

アゼルは性器まで美しい。先端の丸みは芸術的なほど完璧だし、こぼれ落ちる露は宝石のように煌《きら》めいている。ランドールは舌なめずりをしつつ体を沈《しず》めていき、そこに口をつけた。

「ああっ、あーっ、いや、待って、待って……っ」

アゼルの性器を口にくわえる。わずかに抵抗されたが、騎士として鍛《きた》え上《あ》げたランドールにとってはたいした障害にはならなかった。じゅっと音をたてて先走りの体液を啜《すす》る。まさに甘露だった。

「ああ、ああ、やだ、もう、出ちゃ……」

アゼルの白い頬が上気して、熟《う》れた果実のようになっているのがたまらなく可愛い。目尻に光る涙が、アゼルの我慢を表していた。ランドールの口腔に精を吐き出す行為に躊躇いがあるようだが、無理に耐えなくてもいい。ぜひこのまま達してほしい。

ほら、と促すようにして、ランドールは舌を使った。

「ひ、あああぁぁぁっ」

嬌声を迸《ほとばし》らせながらアゼルが欲望を解放した。水に飢えた旅人のように、ランドールはそれを飲み干す。これがたまらなく美味い。人間の男が出すものとは違う、最高級の果実酒のような芳醇《ほうじゅん》な香りがするのだ。

最後の一滴まで啜り、ランドールは顔を上げた。薄い胸を喘がせて、アゼルはぐったりしている。疲れた顔をしているが、ここで終わりにはできそうにない。ひさしぶりに血を見たせいだろうか、ランドールはいささか気持ちが高ぶっていた。

寝台の横にある引き出しから香油の瓶《びん》を取り出した。それを自分の手に垂らし、アゼルの尻の谷間に塗《ぬ》りつける。

「あ……んっ……」

アゼルは拒《こば》むことなくそこの力を抜き、指を受け入れてくれた。柔らかな粘膜を指でまさぐり、異物の挿入感《そうにゅうかん》に慣れさせながら香油を塗っていく。

ここで体を繋げるようになってからまだ日は浅いが、回数だけは重ねてきた。無垢《むく》なアゼルに性交を一から教えたのはランドールだ。アゼルは優秀な教え子だった。

「ランディ、もう、入れてほしい……」

とろんと快楽に染まった瞳で催促《さいそく》された。衝動的におのれの屹立を突き立ててしまいたくなったが、ぐっと耐える。

まだ解《ほぐ》し方《かた》が足らない。指を二本に増やし、さらに粘膜をゆるゆるとかき回した。

「ああ、ああ、ランディ、いい、気持ち、いい」

うっとりと蕩《とろ》けた表情で誘惑してくる。ほんの半月前まで清童だったとは思えないほど妖艶《ようえん》だ。のろのろとアゼルが手足を動かした。両手で両足の膝裏を摑み、大きく左右に開く。卑猥《ひわい》すぎる格好になり、恥ずかしそうに瞬《まばた》きした。

「ねえ、お願い……」

今度は耐えられなかった。ランドールはズボンを脱ぎ捨て、痛いほどに勃ち上がった性器を即座にアゼルの後ろにあてがう。香油でぬるぬるになっている窄まりは、押し当てられたそれを食《は》むように蠢《うごめ》いた。

「ああ、アゼル……!」

ぐっと腰を押しこんだ。白い喉を見せてのけ反ったアゼルの腰を両手でしっかりと摑み、さらに奥へと灼熱《しゃくねつ》の杭《くい》を打ちこむ。ぬるつく粘膜にきついほど締めつけられ、ランドールは喉で呻いた。

ゆっくりと腰を使い出す。どこもかしこも感じやすいアゼルだ。体内の粘膜を擦られると頭が真っ白になるほどの快楽に溺《おぼ》れてしまうらしい。男としてこれほど嬉しいことはない。

「あ、あう、ああ、すごい、ランディ、ああ、そこいや、いや、やーっ」

いやだという場所を性器の先端で執拗《しつよう》に擦ってやった。ふたたび勃ちあがっていたアゼルの性器から、少量の迸りがあった。ランドールはそれを指ですくい、舐める。身の内に新たな力が漲《みなぎ》っていくようだった。

泣きながら悶えるアゼルを目で楽しみ、さらに追い詰めていく。寝台がぎしぎしと悲鳴を上げるほどに激しく動いた。

「らん、らんでぃ、やあっ、もう、もうっ」

「もういやなのか？　やめようか？」

「ちが……、やめちゃいやぁ」

「だったらどうして、いやだと言う？」

半泣きのアゼルが拗《す》ねたように唇を尖《とが》らせる。愛らしすぎる表情がたまらなくて、ランドールはその唇に齧《かじ》りついた。「いやん」と可愛い嫌がり方をしてアゼルが逃げようとする。

「こらこら、どこへ行く」

体を繋げたまま上体を捻《ひね》ったアゼルを押さえつけ、足を交叉《こうさ》した状態で腰を使い出した。

「ああっ、あんっ、ひ……！」

当たる場所が変わったことにおののくアゼルがまたそそる。どこをどうしても深い官能を得

てしまうらしいアゼルは、ランドールが放つまでに二回も達した。絶妙な締めつけにとうとう耐えられなくなったランドールは、たっぷりとアゼルの体内に注ぎ、繋がりを解いた。

「らんでぃ……」

「アゼル」

汗ばんだ体を抱きしめて、しっとりとくちづける。

ランドールの寝室事情をすべて知っている使用人は有能で、事後に体を拭くための布はたくさん用意されていた。それを使って、ランドールがアゼルの体を清めてやるのだ。アゼルは満たされたようで、ランドールが後始末をしているあいだ、幸せそうに微笑んでいた。

「アゼル、ひとつ言っておきたいことがある。レジーナ様のことだ」

ハッとしてアゼルが真顔になる。そして「ごめんなさい」と首にしがみついてきた。

「もう二度とあんなことは言わない。ランディにもレジーナ様にも失礼なことを言ってしまって、すごく反省しているよ」

口先だけの言葉ではないと、アゼルの目を見ればわかる。今夜、無謀《むぼう》な行動で危険を招き寄せてしまったことが、アゼルを精神的に一段階成長させたのかもしれない。大人の目をしていた。

「アゼル、私の胸の中には、灰青色の竜がもう住み着いてしまっている。この竜を追い出すことは不可能だろう。だからもう余計な悋気《りんき》は抱かなくていい。いいね？」

「うん」

アゼルははっきりと頷き、微笑んだ。

年長の恋人らしく自信満々で言い切ったランドールだが、じつはこれから立場が逆転する事態になることを予感していた。アゼルは美しい。だれもが惹かれるものを持っている。自分がアゼルに寄ってくる男女に悋気を抱く日は近いのではないかと、複雑な気分だった。

きっとそんな顔をしていたのだろう。アゼルが、「もっとする？」と体を起こした。

「アゼル？」

「じっとしていて」

寝台の上を這い、アゼルがランドールの股間《こかん》に顔を寄せてくる。慌てて制止した。そんなこと、まださせていない。させようとも思っていなかった。そもそもアゼルの小さな口に、ランドールのものは易々と入らないだろう。

「アゼル、しなくていい」

「どうして？　ぼくも一度してみたい。いつもしてくれるじゃない」

「私はしてもいいんだ。だが……」

「ランディだけがしてもいいなんて、おかしいよ」

そう言われてしまうと、たしかにそうだ。アゼルはそろりとランドールの股間に手を伸ばし、萎えきっていない半勃ち状態のものを手中にしてしまった。

「ちょっとだけでいいから、させて」

ゆるゆると上下に扱かれて、ランドールのものはまたたく間に復活する。醜《みにく》い欲望の象徴を、どこからどう見ても汚れのない美しさを誇るアゼルが愛撫しているという図に、ランドールは激しく興奮してしまった。

先端から白濁混じりの体液が溢れ出てくる。それをアゼルの舌がぺろりと舐めた。難しい顔でしばらく味わったあと、「やっぱり変な味」と笑う。一気に限界近くまで性器が膨《ふく》れ上《あ》がった。

「わあ、すごい」

妙な感心をしたあと、アゼルはランドールの股間に顔を伏せた。いっぱいに開いた口でくわえたが、やはり苦しかったようですぐに諦め、全体を舌で舐めはじめる。両手も使って扱いてくれた。正直言って、稚拙《ちせつ》だ。けれど大きな愛情を感じた。

アゼルが疲れてきたのを見計らって顔を上げさせ、感謝を伝える。

「ありがとう。とても気持ちよかった」

「そう？　出してないのに？　下手《へた》だったよね」

「上手かったよ」

「嘘つき」

また拗ねた顔になったアゼルを抱きしめて、ランドールは温かな幸福感に浸《ひた》った。

◇

翌日、疲れた顔で帰宅したロバートが、ランドールの部屋まで来て報告してくれた。

「やはり、アゼルを襲った男たちを雇ったのは、コーツ王国の者であることがわかりました」

ただ、国の重鎮《じゅうちん》の名前は出てこなかったため、国全体の責任を追及することは難しい。男たちの雇い主をサルゼード王国で罰するため引き渡しを頼んだとしても、それをコーツ王国が承諾してくれるとは思えない。最悪、コーツ王国内で処罰《しょばつ》した、という通達のみで終わるだろう――。

ロバートからそう聞いたランドールはため息をついた。

「まあ、仕方がないいな」

「ぼくは納得できない。ランディは斬られたんだよ？」

ランドールの横でアゼルは声を荒らげる。

青年の姿に戻れたアゼルは、ランドールの看病をするという口実で、四六時中べったりとくっついていた。もちろん背中の傷は看病など必要としていない。異常な早さで治癒してしまった。しかし大量に出血したところを警備兵たちに見られ、城にも報告されていたので、もう治ったとは言えず、ランドールは重傷のふりをして部屋でおとなしくしていた。

ランドールの休暇期間は延び、さらに半月ほど自宅で療養するようにと王命が下された。

「責任が問えないなんて、そんな馬鹿なこと……。もとはといえば、ぼくが勝手にお屋敷を飛び出してしまったのがいけなかったんだけど、悪いのはコーツ王国でしょう」

「アゼル」

悔しくて涙がこみ上げてきた。ランドールがアゼルの肩を抱き寄せ、灰青色の髪にくちづけてくれる。ロバートが見ているのにランドールは意識していないようだ。よしよしとアゼルの髪を撫で、噛みしめている唇を指でなぞってくれた。

「そんなに噛むな。唇が切れるぞ」

ゆっくりと顎の力を抜き、ランドールの指をちろりと舐める。目と目が合うと、ランドールが微笑んだ。

「では、私は失礼します。徹夜《てつや》だったので、すこし仮眠を取ります」

呆《あき》れた声音でロバートが暇《いとま》を告げる。ランドールは、まだいたのかと言いたげな表情をし、「報告してくれて、ありがとう」と礼を言った。

ランドールはアゼルを膝の上に抱き上げ、そっとくちづけてきた。

「アゼル、そう怒るな。国の政《まつりごと》というものはこういうものだ」

「……自分で自分の身を守らなければいけないってことだね？」

「そうだ。まあ、今後はアゼルを情緒不安定にさせないよう、努力するよ」

ふっと笑みをこぼしたところで、執事が来客を知らせてきた。ルースが来たようだ。ランドールは一階の居間ではなくここへ通すようにと命じた。

しばらくしてルースがやって来た。いつもの定期報告かと思ったら、違っていた。

「元気そうですね、将軍。軍を代表して見舞いに来たのですが……」

ルースは、健康体そのものといった顔色のランドールと、その膝に乗っているアゼルを怪訝《けげん》そうにじろじろと眺める。

「背中を斬られ、かなりの出血をしたと聞きましたが、警備兵は虚偽《きょぎ》の報告をしたんですか？」

「いや、賊に斬られたのは本当だ。ただもう治っただけのこと」

「治った？」

「自分でもわけがわからないんだが、もう治った」

ルースは呆然《ぼうぜん》としている。アゼルに視線を寄越し、「本当に？」と聞いてきたので、頷いた。

「本当に治ったんだ。ぼくと血の絆を結んだせいかもしれない」

「そんなこと、あるんですか？」

「さあな。わからん」

ランドールは苦笑いしながら肩を竦《すく》める。

「そういうわけだから、ルース、明日から報告がなくとも毎日ここに通ってきてくれないか」

「なぜですか」

「アゼルとのんびりするのは楽しい。しかし、このままだと体が鈍《にぶ》る。たぶん貧血状態なので今日はおとなしくしているつもりだが、明日からはちょっと体を動かしたい。相手をしてくれないか」

「別にそれくらいは構いません。でも本当に治ったんですか？」

「治った。我ながら異常な治癒力だったので、当分は秘密にしておいた方がいいと思っている。アゼルのおかげだと知れ渡ったら、より一層、面倒くさいことになるだろう？」

「なるでしょうね……」

色々と想像したらしいルースは、顔をしかめてため息をつく。

「昨夜、アゼルが襲われたとき、ひとりだったと聞きました。つまり、将軍と一緒ではなく、警備兵も帯同せず、ひとりで屋敷の外に出たということですよね」

「それについては私にも非があるので、アゼルを叱《しか》らないでやってほしい」

「なるほど。ケンカでもしてアゼルが飛び出したというわけですか？」

「おまえ、察しがいいな」

「すごいね、ルース。どうしてわかったの？」

感心したアゼルとランドールに、ルースが呆れた顔をする。

「二人のいままでの様子と、いまこうしてベタベタしているところから、そんなことくらい容易に想像できますよ。痴話《ちわ》ゲンカはほどほどにしてくださいね、将軍」

「反省している」

殊勝《しゅしょう》な態度でランドールがそう言い、アゼルの髪にくちづけてくれた。

「ぼくも反省してる。二度と飛び出さない」

「そうしてください」

やれやれ、とルースが肩を竦《すく》める。

「宰相だけには将軍のケガが治ったことは伝えます。いいですね？」

「頼む」

「では、また明日」

ルースは長居せずに帰って行った。

明日からランドールはルースを相手に剣の鍛練《たんれん》をするようだ。ふと、アゼルは思いついた。

「ねえ、ランディ。ぼくも剣を使ってみたい」

「アゼルが？」

「竜体のときは鱗が体を守ってくれるけど、人間の姿のときはなにもない。自分で自分を守らなければならないのなら、すこしくらい剣が使えた方がいいと思うんだけど、どう？」

ランドールはしばし考えたあと、頷いた。

「そうだな。検討《けんとう》してみよう。長剣を使いこなすのはかなりの年月が必要だが、短剣や弓、いろいろと試してみようか。アゼルに合うものがあるかもしれない」

「うん」

提案に同意がもらえて、アゼルはこれからの楽しみが増えた。

いざというとき、自分だけでなくランドールを守れるかもしれない。愛する人の助けになるために、ひとつひとつ覚えて学んでいこうと思った。

◇

ルースが勤務の合間を縫《ぬ》って、剣の相手をするためにオーウェル家に通ってくれるようになった。庭の一角でこっそりとやるつもりだったのだが、仕事で留守をしているロバート以外の家族が見学する事態となり、見世物状態だ。それというのも、アゼルが訓練することになったからだ。

ランドールの母親とロバートの妻、甥と姪が開け放した窓から優雅にお茶を飲みながら庭を眺めている。最初はいささか気になったが、そのうち慣れた。

ルースを相手に剣の打ち合いをし、ランドールは体の鈍り具合を確かめた。

「たしかに若干《じゃっかん》の鈍り加減は感じますが、たいしたことではないように思います。それよりも私は将軍の体力を心配していました。杞憂《きゆう》だったようです。まったく息を乱していませんね」

そう言われてみればそうだ。最初から飛ばして激しく打ち合ってみたのに、疲れは感じていない。むしろ全身に力が漲ってくるほどで、まるで十代に戻ったようだ。

「連絡をもらったので、アゼル用に小ぶりの長剣と短剣、初心者用の弓を持ってきました」

「まず長剣を振ってみようか」

好奇心いっぱいの顔でアゼルが長剣を握る。ランドールが指示するままにそれを振った。意外にも筋力があり、長剣を扱うことができた。

さらに短剣の投げ技が、特技になりそうなほど命中率が高い。ルースが興奮して、「本格的に鍛練しよう」とアゼルを軍の施設へと勧誘した。

「練習すれば、もっとうまくなる？」

「なる。確実に」

ルースが断言したせいで、アゼルはすっかりその気だ。期待にきらきらと瞳を輝かせて、ランドールに「ぼく、素質があるみたい」と喜んでみせる。今後、アゼルを伴《ともな》って戦地に赴く機会が絶対にあるだろう。相棒が竜体のときだけでなく、人間の姿のときも戦力になるなら、将軍としてこんなに嬉しいことはない。

しかし、ランドールは手放しで喜べなかった。こんなところでも独占欲がむくむくと大きくなってきてしまう。面白く思っていないのを、ルースはすぐに気づいた。

「将軍、そんな仏頂面《ぶっちょうづら》でいたらアゼルが気にしますよ。またケンカして飛び出されたくないでしょう？」

「わかっている」

「アゼルはあなたの役に立ちたいんです。武具が扱えるならそれに越したことはありません。やり甲斐《がい》というものを、あの子にも与えてあげなければ」

竜人は、ただ愛玩《あいがん》されるだけの生き物ではない。かつては人間に使役され、それが生きる喜びとなっていたくらいだ。頭では理解しているのだが――。

「……下手に武器など持たせて、いざというとき私の前に立たれたら危険だろう」

「そうならないよう、将軍が戦略と戦術を練るんですよ。そのまえに、宰相に頑張ってもらって戦争になる手前で国と国とのいざこざを解決してくれればいいんですけどね」

ルースの口からいきなり平和を望む言葉を聞き、ランドールは驚いた。

「急にどうしたんだ、そんなことを言い出して。諍《いさか》いがなければ軍人は出世できない、というのがおまえの持論だっただろう」

「まあ、心境の変化といいますか、あなた方を間近で見ていて、伴侶を持つのもいいものだなと思うようになりました」

「おい、めでたい話か？」

「本決まりになりましたら相手と一緒に挨拶させてもらいます」

「よかったな。おめでとう」

ランドールはルースの手を取って握手した。ぎゅうぎゅうと力任せに握ると、ルースが「痛いです」と顔をしかめながらも笑う。

「結婚式には呼んでくれ」

「当然です。なにがあっても来てください。私に所帯を持つ気にさせた責任を取ってもらいたいです」

軽口を叩くルースを、ランドールは温かい目で見つめた。

家庭を持つと、守らなければならないものができる。独り身だったルースは、戦場で武勲を立てて位を上げることを第一の目標にしてきた。しかし、本来そうした機会が少ない方がいい、と考えられるようになったのだろう。

「できるだけ平和であれと願うのは、騎士として、消極的過ぎるかと思いますが……」

「いや、おまえは間違っていない。私も同感だ」

ランドールは短剣投げを熱心に繰り返しているアゼルを見遣《みや》った。庭木の幹に貼り付けた紙の的に、アゼルは何度も短剣を投げている。時々外れるが、八割方は当たっていた。初日にこれだ。鍛錬を積めば、本当に百発百中になるかもしれない。

アゼルのやる気は否定しない。けれど、できれば戦場に立たせたくないというのが本心だ。

愛する者が傷つくのを望む人間など、いないだろう。とはいえ、ランドールは将軍だ。事が起これば戦地に立ち、場合によっては先陣として出て行かなければならない。

（アゼル……）

死が二人を分かつまで、共に生きようと誓った。いつまで生きられるかわからないけれど、なにがあっても、戦場でも、共にあることを、たぶんアゼルは望んでいる。自分はその望み通りにしてやりたい。自分が先に死ぬとわかっている以上、それができることの精一杯だ。

「アゼルを本格的に仕込むなら、やはり軍の施設に連れて行った方がいいと思います。どうしますか？」

「そうだな……」

それからはルースとアゼルの施設通いについてすこし相談した。

頃合いを見て、母親が「休憩になさったら？」と声を掛けてくる。それが合図だったかのように、ジェイクとレイラが庭に飛び出してきた。邪魔してはいけないと大人に言い聞かされて我慢していたようだ。二人ともアゼルのところへ駆けていき、口々に褒《ほ》めている。

「すごいね、アゼル！」

「アゼル、かっこいい！」

まんざらでもない顔でアゼルは短剣を片付ける。ジェイクが庭木から紙の的を外し、レイラは「ご褒美《ほうび》」と言いながら摘んだ花を差し出した。微笑みながらアゼルが受け取った。

エイムズがオーウェル家を訪ねてきたのは、あと二、三日でランドールの療養期間が終わるという頃だった。いつか訪ねてきたときと同様、宰相らしい煌びやかな服装ではない。研究資金に困窮《こんきゅう》している学者然とした格好で、胸に古びた本を抱いていた。

「古都シーゲンターラーから騎士の日記が届いたぞ」

書斎に通してすぐ、エイムズは抱いていた本をテーブルに置いて見せてくれた。それをアゼルとともに覗きこむ。

日記の日付を見ると、たしかに八百年前だった。湿度の低い書庫できちんと管理されていたらしく、保存状態がいい。丁寧に書かれた文字は読みやすかった。

「著者である騎士の名前はナイジェル・ゲイル、血の絆を結んだ竜人の名はフェイ。日記はフェイと出会った日からはじまっている」

エイムズはすでに一通り読んだという。書かれていることを要約してくれた。

「ゲイルはフェイとの出会いを運命だと感じ、喜びとともに日々の生活を書き記しはじめた。そのときゲイルは四十歳、フェイは百歳。竜人の平均寿命は二百歳くらいのようだが、とうていおなじ時を過ごすことはできない。出会いが遅かったことだけが残念だ、あと二十年ほどフェイと過ごせればいい方だろうと、日記の最初に書かれている。しかし、ゲイルはそれから百年生きた」

「百年？　百四十歳まで生きたということか？」

「この日記に書かれたことが創作ではなく、かつ日付が間違っていなければ、だが」

ランドールが最後のページをめくってみると、たしかに百年後だった。ゲイルはフェイととともに百年生きたのか。

「ゲイルは不思議なことにフェイと血の絆を結んでからすこし若返り、その後は老化がとてもゆっくり進んだようだ。そしてフェイの寿命が来たとき、ゲイルの寿命も来た。二人はほぼ同時に老衰《ろうすい》で死んでいる。最後のページを書いたのは、二人を看取《みと》った司教だ」

言われてみればそこだけ筆跡がちがう。ひとつの寝台で、二人は並んで横たわり、眠るように息を引き取ったと綴《つづ》られていた。

「おまえ、このあいだよりも肌の色艶がさらによくなったな」

じっとエイムズに顔を見つめられ、ランドールは両手で自分の頰を擦った。

「そうか？」

「最近、体力が昔に戻ったように感じないか？　体が軽くなったと思わないか？」

「どうしてそれを……」

「おまえはゲイルとおなじように、若返ったのではないか？」

「若返った……」

自分の顔を両手で撫でてみる。たしかに張りと艶はよみがえったかもしれない。しかしこれは自宅で休養しているせいで、体力気力が回復したのだと思いこんでいた。

「私も老化がゆっくり進むようになり、これから百年生きるというのか」

にわかには信じられない。

「……竜人族の長老は、血の絆を結んだら人間が長生きするとは、一言も言っていなかったぞ。絶対に人間の方が先に死ぬから、竜人たちが絶望のあまり狂ってしまうと……」

だから辛くて人間たちから離れたと聞いた。

「たぶん、ゲイルが長命だった理由は、フェイにあるのだろう」

「フェイに？」

「日記の中に記述がある。フェイは他の竜たちとまったくちがう色の鱗を持っている、と」

「ちがう色の鱗？」

「白かったそうだ」

ハッとエイムズを見る。ついでアゼルと顔を見合わせた。

「白い鱗を持つ竜は、他にいなかったらしい。月光のように美しく、煌びやかで、人間の姿になっても、だれもが見惚《みと》れるほどの美貌だったとか。ゲイルはフェイのために、二十年連れ添った妻と離婚した。その後はフェイと二人、夫婦として暮らしたと書かれている」

「え……」

またもやランドールはアゼルと顔を見合わせた。

「すべての血の絆を結んだ人間と竜人が、身も心も愛し合い、夫婦のように暮らしたわけではないことは、わかっている。今回、各地からかき集めたさまざまな文献を読んでみると、十組に一組くらいの割合で、そうした関係になっていたようだ」

エイムズが無表情のまま、ちらりとランドールを見てくる。

「おまえたち、寝ているだろう」

うっ、とランドールは言葉に詰まる。いずれは打ち明けなければならないと思っていたが、こんなに早く気づかれるとは――。

「ゲイルは毎晩のようにフェイを求め、性交していた。その際に味わうフェイの体液が、極上の甘露のように美味だと書いてある。私は薄い色の鱗を持つ、特別な個体の竜人と交わることによって、その体液が血の絆を結んだ人間の体に作用し、若返りを起こすのではないかと思っている」

エイムズが日記をぱらぱらとめくり、ゲイルがフェイとの性生活を赤裸々に綴っているあたりを見せてくれた。たしかに、フェイの体液は美味で、何度でも飲みたいと書かれている。

ほかにもフェイの体の特徴や髪や瞳の色についても記述があり、アゼルに酷似《こくじ》していた。

「鱗の色が薄い竜人は、たぶん滅多に生まれない。特別な個体だ。数百年に一人、竜人数千人に一人の低い確率でこの世に生を受ける。その稀《まれ》な存在は、本人の意志に関係なく特殊な力を秘めているのだろう。背中を斬られたのに一晩で治ってしまったそうだな」

じつはもっと早く治った、とまでは言わなくてもいいだろう。

「もうおまえの体は変化しているとみていい。普通の人間ではなくなっている。ゲイルのように長生きするかもしれない。どこまで生きられるかはわからないが、運がよければ――戦場で即死するようなことがなければ――ゲイルとフェイのように老衰でほぼ同時に死ねる。そうすれば、自分の死後、アゼルが狂ってしまうかもしれないという心配はしなくてすむ」

エイムズの推測は、ランドールとアゼルに希望の光をもたらした。

彼の仮説が正しければ、ランドールとアゼルのあいだには寿命問題が存在しなくなるのだ。

しかし、この日記が真実をありのまま綴ったものだという証拠はなにもない。創作である可能性もあった。

実際に年月を経《へ》てみなければ、わからない。諸手《もろて》を挙げて喜ぶほど、楽天的にはなれなかった。とはいえ、創作物だと完全に否定することもできない。この日記が真実であってほしい。

アゼルが天寿を全うするまで、あと百七十年から百八十年。それだけランドールは生きられるだろうか。騎士としての定年まで、無事にいられるだろうか。

「この日記は置いていく。二人でじっくりと読んでみろ」

「ありがとう。感謝する」

「勘違いするな。おまえたちのために個人的に動いたわけではない。アゼルがもし狂ったら国の存続に関わるから八方手を尽くして調べたまでだ。これからも私は調べ続けるぞ」

エイムズはむっつりと不機嫌そうな顔をしてそう言い、帰って行った。

「あの人、笑ったことはあるのかな」

ぽつりとアゼルが疑問を口にするから、ランドールは思わず吹き出してしまった。

「もちろんあるさ。あいつとは学友だった。頭がよすぎて理屈っぽくなってしまいがちだが、中身は人間味に溢れた男だ。竜人について調べたのも、口では国のためと言っているが、私たちのことを心から心配してくれているにちがいない。ひねくれ者で照れ屋だから、あんなふうにわざと不機嫌そうな顔をするだけだ」

「なんだ、そうなの」

よかった、とアゼルが微笑む。共に長く生きていけるかもしれないという希望の光が差しこみ、ランドールはより一層、アゼルを愛しく感じた。

「アゼル」

抱きしめて灰青色の髪にくちづける。背中にそっと細い腕が回され、ぎゅっと抱きついてきた。アゼルはランドールの胸に片頬をつけ、目を閉じる。きっと鼓動を聞いているのだろう。アゼルは寝台の中でも、よくこうしてランドールの胸の音を聞いている。たしかに生きていると実感したいのだという。

「ランディ、一緒に生きていってね」

「もちろんだ。しかし、私が騎士であることを、忘れないでいてくれ」

「ぼくも軍人の端《はし》くれだよ。ランディとどこへでも行くつもりだから」

「頼もしいな」

ふふ、と笑い合って唇と唇を重ねる。しっとりと舌を絡めあったときだった。書斎の扉が廊下側から叩かれる。

「ランディ、ここにいるんでしょう？」

母親の声だった。立っていって扉を開けると、ミルドレッドは背伸びをしてランドールの背後を覗きこもうとする。

「アゼルは？　ここにいるのよね？」

「なにか用ですか」

「宰相様はもうお帰りになったわ。大切な話は終わったんでしょう？　こっちに来て。アゼルの軍服が仕上がってきたの。初出仕に間に合ったわ」

まるで子供のようにはしゃぐミルドレッドにおされ、ランドールはアゼルを連れて書斎を出た。一階の居間には仕立屋が来ていて、いくつもの箱から出来上がったばかりの軍服が取り出され、広げられていた。

「上着を羽織ってみて」

ミルドレッドに促され、アゼルが部屋着の上に軍服の上着だけを着てみた。体の隅々まで採寸して職人に縫われた軍服は、アゼルのほっそりとした体にぴったりだ。さすがミルドレッドが選んだ職人だ。腕は確かだったのだろう。

「まあ、素敵。いいわね」

「お似合いです」

仕立屋も満足そうに頷いている。アゼルはすこし不安そうに、「どう？」とランドールに尋ねてきた。

「とても似合っている。初出仕の日は、これを着て、私と一緒に城へ行こう」

「はいっ」

溌剌《はつらつ》と返事をするアゼルに、ランドールは目を細めた。

そこに甥たちを連れたソフィアがやって来たものだから、居間は一気に賑やかになった。

「アゼル、カッコいい」

「金色のボタンがすてきね」

ジェイクとレイラに褒められて、アゼルは照れくさそうにしている。たしかに格好いい。アゼルの気品ある美貌に軍服はかなり映《は》えた。

禁欲的な軍服が、ここのところ増しているアゼルの妖艶さを引き立てているようだった。

（やはり、先が思いやられるな……）

登城するようになれば、アゼルはきっと注目の的だ。老若男女の視線を集めまくり、純粋なアゼルはだれにでも優しくしてしまうだろう。ランドールはアゼルに近寄ってくる輩に四六時中やきもきすることになりそうだ。

しかし、それは仕方がないこと。

（私の伴侶は美しすぎるからな……）

アゼルに出会えた幸運を噛みしめ、ランドールは自分の家族に囲まれて幸せそうなアゼルをいつまでも眺めていた。

あとがき

AFTERWORD

—名倉和希—

こんにちは、またははじめまして、名倉和希《なくらわき》です。拙作《せっさく》「竜は将軍に愛《め》でられる」を手に取ってくださって、ありがとうございます。一年前に雑誌掲載された話に、書き下ろしがプラスされて一冊になっています。

今回はなんと、竜です。いままでいくつかファンタジー要素入りのお話を書きましたが、はじめての竜です。やったー。いつかどこかで竜を書きたいと思っていたので、この話を書きながらハァハァと興奮していました。

アゼルは不憫《ふびん》な子です。本人にはなんら責任がないことで村八分にされて育ち、愛情不足とその他の要因が重なって、なかなか大人になれないでいました。占《うらな》い婆《ばばあ》がいてくれて本当によかった。そして、ランディに出会えて本当によかった。これからはたっぷり可愛《かわい》がってもらってほしいです。

ランディはアゼルが可愛くてたまらないようなので、本当は戦場には連れて行きたくないと思っているでしょう。けれどアゼルはちゃんとした男の子ですし、将軍の副官という立場になったからには、いざとなったら自分も戦うつもりのはず。ランディはきっと苦悩しては、もう一人の副官ルースに呆《あき》れられたり発破《はっぱ》をかけられたりするに違いありません。

雑誌掲載された前半部分では、二人の寿命の差の問題が解決しないままで終わっていたのですが、書き下ろしで希望が見えた感じになりました。アゼルが特別な個体であるならば、きっと二人は末永くともに暮らしていけるでしょう。まあ、いつまでもイチャコラやっていてくれ、って感じです。

イラストは黒田屑《くろだくず》先生にお願いしました。雑誌掲載時からアゼルとランディを雰囲気たっぷりに描いてくださいました。少年のアゼルはとびきりキュートだし、ランディはマッチョでとっても強そう。青年のアゼルは美しくて、もう、もう素晴らしいの一言です。お忙しいところ、本当にありがとうございました。

さて、この本が世に出るころは、もう晩秋でしょうか。温暖化の影響か、信州も夏が長くなり、春と秋が短くなりました。二十年前は十月に入るともうストーブの出番でしたが、今年はまだまだ必要ないようです。けれど、さすがに十一月ともなれば冬の訪れが近くなり、寒くなっているはず。暑いのが苦手な私にとって、嬉しい季節です。大雪は困りますが、適度な寒さの冬になって欲しいです。

それでは、またどこかでお会いしましょう。

名倉和希

この本を読んでのご意見、ご感想などをお寄せください。
名倉和希先生・黒田 屑先生へのはげましのおたよりもお待ちしております。

〒113-0024　東京都文京区西片2-19-18　新書館
[編集部へのご意見・ご感想] ディアプラス編集部「竜は将軍に愛でられる」係
[先生方へのおたより] ディアプラス編集部気付　○○先生

- 初出 -
竜は将軍に愛でられる：小説DEAR+18年アキ号（vol.71）
将軍は竜を溺愛する：書き下ろし

[りゅうはしょうぐんにめでられる]
竜は将軍に愛でられる

著者：**名倉和希** なくら・わき

初版発行：2019年11月25日

発行所：株式会社 新書館
[編集] 〒113-0024
東京都文京区西片2-19-18　電話（03）3811-2631
[営業] 〒174-0043
東京都板橋区坂下1-22-14　電話（03）5970-3840
[URL] https://www.shinshokan.co.jp/

印刷・製本：株式会社光邦

ISBN978-4-403-52495-0 ©Waki NAKURA 2019 Printed in Japan